那年夏天，我們的綠光

Summer Time, and Greenlight

KAI ——著

於是我們繼續往前掙扎，像逆流的扁舟，被浪頭不斷向後推入過去。

——《大亨小傳》史考特・費滋傑羅

楔子

您顯示離線。

【小詩】——心痛　於2008/6/1說（上午2:10）

嗨

看見了回我

有事情

嗯，沒事

【小詩】——心痛　於2008/6/2說（上午2:15）：

在不在

好煩……

【小詩】——心痛　於2008/6/2說（上午3:33）：

我睡不著，就算吞了安眠藥也沒用

大概是買到含有高成分咖啡因的安眠藥吧

……不好笑，對吧？

【小詩】——心痛　於 2008/6/3 說（上午 1:21）：

喂，在嗎？

又聽到你叫我的名字了

『喂，小詩，妳……妳在不在啊？』

熟悉的說話方式

【小詩】——心痛　於 2008/6/4 說（上午 0:32）

昨晚清楚的夢見你

你在那邊過得好嗎？

【小詩】——沉醉的夢　於 2008/6/15 說（下午 11:35）：

我又來了

對不起，不是故意要吵你

我很任性，你一直是知道的

我一直沒有真正對你說聲謝謝

【小詩】——沉醉的夢　於 2008/6/16 說（上午 1:30）：

你在嗎？

謝謝你為我所做的一切

【小詩】——沉醉的夢　於 2008/6/17 說（上午 2:45）：

我私自決定了一件事

因為再不決定就不行了

我想，體會新生命的感動

也許就可以再次與你相遇。

□

深夜的曼谷機場，Gate54，螢幕上顯示的數字表示我必須要等上兩個小時才能走入登機口飛往阿布達比，到了阿布達比又必須要等上五個小時才能轉機到布魯塞爾，飛行時間又要再加上七個小時，God……想到這我不禁揉了揉太陽穴，如棋盤狀高聳入天的落地窗外面正是曼谷有名的雨季，我深呼吸幾口氣向後躺進椅背，天花板的高度足以讓人暈眩。有些惴惴不安，男人總是有許多不安的事，那是我，一個月前無預警的將辭呈遞送到經理桌前，我已經在這場人事鬥爭之下完全的失敗，傷痕累累、全身疲憊，只能像落到河裡的枯葉被激流向後推去，連曾經是否翠綠過都不曉得，這就是人生吧，說到底我還是個不適應體制的笨蛋，我匆匆忙忙之中訂了旺季到歐洲貴得嚇人的機票，帶著也許從此不想再回來的心情以及因為隨便整理而重得像頭笨牛似的背包來到這，當然，裡頭最重要的還有智敦那本厚重的表面已有污損的日記本，至於為什麼要帶著這本日記則說來話長，或許我可以用幾句話輕描淡寫，但不管怎樣我都不想這麼做，因為我可能只有一次機會為過去的人生負責，**也許就是這一次**，所以且讓我帶著些許不安的心情將此事延後說明，我相信讀者都是耐心且富有情感的人，是吧？

天花板的 BGM 不知什麼時候正飄著貝多芬的月光曲，空氣中像流動著一條哀傷的河，據說貝多芬在創作這首曲的時候已經全聾，如此哀傷的曲子不曉得貝多芬的腦海裡是怎樣的世界，只有他知道吧，完美的（或者是哀傷的）留在他的心中。我深呼吸一口氣，然後靜靜凝視著雙腿上的筆記型電腦，放在一旁的紙杯咖啡傳出霧氣，在昏暗燈光的照射之下有如蒙太奇的畫。捲曲、飄蕩，陌生的氣息容易將內在的我引發出來，有個作家說，旅人從抽離之間找到連結，從陌生之間找到熟悉，離家則是為了找到回家的路，但此刻對我來說卻是像自我解嘲，我不是因為有滿腔的熱血急於展翅翱翔去看看這世界，而是像一隻失去雙腳也失去草窩的鳥，在一陣風暴襲來時被吹送到異地去了。回過頭來看這串離線訊息，小詩她最後的決定是什麼呢？我怎麼想也想不透，但不管怎麼樣，她的訊息讓心底深處的蕊被一雙強而有力的手緊緊抓住，彷彿這輩子的後悔以及遺憾實在太多，只有這股被握在手心裡的力量是唯一救贖，雖然，**那已經是完全失去的什麼了**。

我將眼前這段積存起來的 MSN 離線訊息擷取下來寫進筆記本裡，順手將登機口附近的景色拍攝下來，也許以後我就再也不記得第一次看見這訊息時胸口莫名的抽動，所謂的對往事致敬應該就是這樣了，在這個即將要漂流的旅途當中我可能會遇見莫名其妙的人，可能在巴黎的地鐵站裡被扒掉錢包，可能在阿姆斯特丹吃魚時被刺鯁到，在倫敦泰晤士河旁巧遇前女友之類的，但我想或許能夠做些有意義的事，像是……像是寫一則故事，對，一則故事。

想寫故事的心情就像連幾日的厚重烏雲被這些離線訊息敲裂了一條縫，就在機場的無人候機室裡，我不知道即將要落下來的是陽光還是黑黝黝的雨水，不管怎樣，這個故事從很久很久以前便存在了，每個人都是這樣的，我們都是在故事之中然後創造著故事（也毀滅著故事），而故事什麼時候會結束並不曉得，誰能預測呢，也許待會走進飛機後突然失事跌落印度洋，故事就刷然結束了，所以在登機之前，我想引述一下小說家吳明益所寫的關於故事與記憶的句子：

『故事並不全然是記憶，記憶比較像是易碎品或某種該被依戀的東西，但故事不是，故事是黏土，是從記憶不在的地方長出來的，故事聽完一個就該換下一個，而且故事會決定說故事的人該怎麼說它們。』

我移動手指在空白的文件裡敲下第一個字，於是，人生暫時停止，但故事從起點開始，故事本來就是記錄與虛構相輔相成的，要是你聽完了，請別懷疑、別逗留，直接換下一個吧，直到你能夠編織出你的故事為止。

說到這，我也該登機了，請祝我旅途愉快。

01

人生當中雖然有許多事情無法做個最後觀賞，可是好久好久以後的現在，我仍然可以清清楚楚的看見綠光，只要回憶又襲上心頭時，我閉上眼就能看見，但是，至今為止我還不太清楚那光芒是從哪裡來又要到哪裡去，光芒所暫存腦海裡似虛似實的年華印象卻蠢蠢欲動試圖從某個神秘場所裡爬出來。

綠光是什麼時候出現的？這樣想的時候，腦海裡馬上就出現飛機螺旋槳的聲音，那是距離現在好遠好遠的小時候，不太記得是多小，要具體詳細形容的話勉強可以，但太過於僵硬，所以我這樣想……是那種遇到任何趣事就完全冷靜不下來放聲尖叫的小時候，那種對任何事物都充滿宇宙星系般好奇心的小時候，一切都還在吸收與接受，但同時也擁有近乎瘋狂固執性格的小時候，做了許多微不足道的蠢事也令人懷念的小時候……大概這些是適當的形容詞吧。小時候的我，蹲坐在眷村溼涼的瓦片屋頂上舔著從巷口買來的烏梅冰棒，好酸，手上流滿黏答答的冰液，赤裸的腳背很舒服的跟瓦片貼附著，當時世界是怎樣的憂愁混亂我還不太清楚，也沒有足夠的能力去感受。當時，我朝著螺旋槳的聲音望過去，機場塔台像一根站在風中的魔法棒，頂端紅燈像預言著什麼而明滅，我總覺得那魔法棒能達成我的心願，所以時常對著它喃喃地像唸咒語一般唸出自己的願望，那時候總是有數不清的願望，也有數不清的好像能替你達成願望的事物，而且，我不清楚往後這些願望有沒有實現，就算有實現，也不曉得已經付出多少代價或者早乾脆忘記當時許下什麼願望，畢竟，等著願望實現不是人生目標（有誰有能力把這個當人生目標的呢？），許願這個動作才是，然而，綠光大概就是在那個時候出現的。

這輩子我只實際地看過三次（這個倒記得特別清楚），那天晚上是第一次，綠光被夾在機場燈光以及機場背後整排的高架橋燈光所構成的光影屏幕中，屏幕就像被鑿子敲裂了一個小洞，綠光就從那個洞慢慢流瀉出來，我從來沒有看過這麼美麗又完整的十字星芒，在綠光身邊的光斑都相形失色的逃開了，因為綠光簡直就像所有人的深刻回憶一樣鮮明，我能感覺到全身甚至整個眷村都被染上了一層獨特的、彷彿會呼吸的青綠色，每一片瓦每一塊磚彷彿都活了過來，深呼吸一口氣，胸腔裡飽滿著名為希望的空氣，有一度我想要落淚，雖然我根本不曉得為什麼而難過，夜裡的風不斷從機場那邊吹拂過我的髮然後再鑽進眷村的巷弄間消失，我心裡有個疑問，那綠光到底是什麼？空曠的機場附近都是稻海，再過去的山脈一片漆黑，像刀子般切開山腰的高架橋我也從來沒去過，那一切都超出我能夠認識的範圍，綠光像是一顆鑲嵌在蒼茫夜色中的綠寶石，一不注意，綠光突然不見了，到底它持續了多久我也不曉得，好像我的疑問是多餘的，我的疑問讓綠光不想回答而消失在黑夜之中，可是，多年以後我才知道，在深呼吸那口氣同時，綠光就已經被吸進我們所有人的心底永遠無法消失了。

寫到這，腦海裡的綠光慢慢退回黑幕中，接著就是眷村的景象，不先從眷村開始的話，整個故事就無法拼湊下去，就像打翻的拼圖一樣令人不知所措。這個眷村名為『貿易九村』，位於台中市郊的水湳機場旁，村子入口處旁有一個籃球場，一棵不曉得活了幾歲的大榕樹伸展著油綠的大手臂，我們經常在那軀幹上面玩溜滑梯或午睡，好幾隻老貓佔據著這裡，每到傍晚時分就好像約好似的一起發出像嬰兒哭聲般的貓叫，球場旁是筆直的主幹道，兩側排列整齊的矮平房，常常從附近送來機場的風，是個非常安靜的榮民眷村，坐在台北台中來往味道總是令人作嘔的中興號車上時，母親總是跟我說著貿易九村的事，而父親總是不在，小時候父親總是不在。然而對我這個台北囝仔來說，兒時的貿易九村像是個被外界遺忘的國度，聽說第一代活下來的老榮民其實不多，第二代的年輕子女都已經到外地置產生活，而像我們這種第三代的孩子們更是寥寥可數，所以村子不管在何時總是空蕩蕩，這裡與我在中和住處附近熱鬧的海軍眷村有很明顯的差別，記得每次騎腳踏車從水湳機場前拐個彎進入稻田小徑時都有一種恍如隔世的錯覺，每每讓我想起陶淵明的桃花源記——『山有小口，彷彿若有光。便舍船，從口入。初極狹，才通人。復行數十步，豁然開朗……』，筆直的小路只能容納一輛轎車進入，要是會車的話只能退回起點，甚至後來不希望車輛進入，不知道誰還在村子入口嵌了一根水泥柱，所以經常會看見一邊慢慢倒回去一邊擔心落入田邊而陣陣發抖的轎車，有人說這是眷村封閉社區文化的表象，我並不十分清楚，畢竟自己不是在那裡長大的，只知道九〇年代已經不像八〇、七〇年甚至更久以前反共意識強烈的年代，有聽說過前一輩的榮民們回到家還會先對掛在牆上的蔣公肖像鞠躬，我倒是頻頻向書桌上的理化課本鞠躬。路兩旁展開層層並排的稻田，簡直就像法國鄉下的油畫，到了秋天時還會有整片黃澄澄的油菜花，稻田再過去的水湳機場幾乎都是國內線的小飛機，每每經過時總聽見螺旋槳聲，以後我想起貿易九村時總是離不開螺旋槳的聲響，每當飛機起降時，村子間流動的空氣彷彿就會有些微的變動，甚至現在我腦中已經漸漸感受彷彿從螺旋槳吹送而來的晚風了。當然，進入村子後並沒有看見良田、美池，看見的只是呈魚骨狀排開安靜的矮平房建築，排列分為南北各十條巷，巷子也十分狹窄，兩台摩托車很勉強才能擦身而過，每個巷子口都有一塊藍色小招牌標示，然而因為全紅磚所建成的圍牆和小巷，使得人與人之間走得是那麼靠近，在冬天下午穿梭在巷弄間有一種被包覆感，和現今到處都是冷漠的大街道相比溫暖得多。我和阿姨夫婦以及大我一歲的表哥住在南七巷，但我並不怎麼喜歡這個地方，因為太無聊了。

自我有印象以來，每年的暑假我都會被從有趣的台北被送到無趣的貿易九村，我得放棄在台北的棒球賽，去八仙樂園還有明德樂園，以及到外雙溪烤肉等等活動，然後用這些只換來螺旋槳聲響，父親總是有忙不完的工作，而且每次只要跟也是經常不在家的母親相遇就有吵不完的架，好像他們是為了吵架才決定要結婚的那樣，把我放到台中來或許他們能吵得更盡興吧。人家說我跟父親不像，不管是外表還是內在，特別是外表，他從一流大學畢業，進入一流的企業擔任要職，雖然矮胖的身材跟母親相當不搭，但想法理智而且說起話來溫和有理，而我則是一個從小就經常拿零分的笨蛋，每次面對試卷就有一股焦慮感，而且也常常不經過大腦就亂說話，惹來很多異樣眼光，不過還好我的身材和長相遺傳來自母親，這也算是人生當中唯一的安慰吧。母親是直腸子的女人，經常處處得罪人也容易受傷，但由於坦誠待人，所以也有固定幾位相同海派個性的朋友，他們兩個就像各自缺了一大塊的圓缺，但就算湊在一起也拼不出完整的圓，雖然有時候我會想為什麼沒有遺傳到爸爸的好頭腦呢，如果我頭腦好一點的話，身邊的事情就會順利多了，可是這種想法並沒有持續很久，因為每次看到他們互相攻擊的模樣時，我心底就已經打算我就是我，我跟誰都不想一樣，包括我的父母親。

每天一大早，陸軍士校退伍的姨丈操著四川口音在樓下大喊起床，這種音量連南一巷的狗都聽得見，我不情不願的從帶點霉味的涼被裡鑽出來，木板床睡得我背疼死了，有必要這樣大喊嗎？簡直就是軍事管理，而壯得像頭牛似的表哥智敦早就已經起床，他非常喜歡讀書，每次想到他時總離不開書，有時候會覺得他的臉看起來就像一本書一樣方方正正。早晨的光線從他身後的毛玻璃穿透進來，光的河流中飄浮著茫茫霧氣，他巨大的身軀以及手中那不成比例的小書，我就好像傑克爬上魔豆樹頂端從霧氣中看見安靜的巨人似的，我並不討厭這個巨人，甚至還滿喜歡逗弄他，這是我的強項，在台北我總是喜歡逗弄胖子，但也最常跟胖子變成好朋友，總覺得他們的包容心就跟他們的體型一樣大，每天總是像彌勒佛一樣笑嘻嘻的，不像瘦子一被嘲諷是排骨精就氣得說不出話來，陰險狡猾像支刀子。我就曾經被排骨精給陷害過，說當時學校附近那邊有十台摩托車鑰匙孔被灌了瞬間膠的事件是我幹的，雖然我曾經這樣灌過兩台，不過被這樣污衊還真是忍不住的怒氣沖天，還好胖子幫我作證，跟老師說當時我是在菜市場裡面的電動玩具場打快打旋風，有不在場證明，不過還是被記了兩支警告讓我爸帶回去毒打一頓，因為不管怎樣當時是上課時間。雖然他說謊的技巧不太高明，不過我還是喜歡他，暑假後我就被送到台中來，長長的假期之中都看不見涵好令我痛苦，或許是因為爸媽管不動我才想將我丟到這裡來吧，當時的我無法想像，其實我已經回不去了。

「大敦哥，你在看什麼書啊。」我很愛叫他大敦。後來才知道台中有一條大敦路，當然，一點關係也沒有，只是習慣使然。

智敦仍然沉默的捏著皺皺的小說，身後單人床床頭的小說堆得像小山，地震來的時候我不敢想像。

「喂，大敦，你有沒有看過綠光啊，昨天晚上我在屋頂上看到遠方有一道很強的綠色的光耶，十字星芒，形狀非常漂亮，好像出現在機場再過去一點的地方，但出現一下子就消失了，你有看過嗎，那到底是什麼東西啊。」

他斜斜的瞧了我一眼，眼皮的肉太重快將他眼睛給遮住，模樣相當好玩，我都快忍不住笑了。「你又爬到屋頂，被我爸抓到你就死……死定了。」

「他能拿我怎樣，我跑得比他快咧。」

「不要再爬到上面去了，很危……危險。」他側邊的髮彷彿因為講話吃力而滲出汗水來。

智敦說話有點障礙，但又不太像是結巴，比較像是不喜歡說太簡單的字句，由於愛看小說，所以他在講一些經典名言時說話會變得很流暢，我也不知道為什麼，聽我媽說智敦從小就患有什麼自律性神經失調之類的病，也有點自閉症，因為他沒有什麼朋友，而且這眷村也沒有什麼小孩可以陪他玩，所以爸媽才把我送到這裡來陪他吧，我總是在找安慰自己會來到這裡的理由，不過關於這一點我就覺得我的責任重大，頗有英雄之姿。

「好啦，不會啦，快告訴我那綠光是什麼。」

他悄悄將書本闔起，還給我深深嘆了口氣，我瞥了一下書封面，那印有一個老頭圖像，圖像下方寫著《百年孤寂》四個大字，我光看書名就頭暈了，實在搞不懂這個年紀為什麼要讀這種書。

「**不解釋就無法搞懂的東西，意味著怎樣解釋也無法搞懂。**」他說，非常流利的說，他那小小的眼睛裡閃爍著深沉光芒，在一瞬間。

我沉默，外頭靠近公園那邊的蟬聲像海浪一樣起起伏伏，二樓房間越來越熱了，姨丈又在樓下怒吼，我的腦袋突然無法思考，我真覺得智敦不是天才就是神經病。

「我老爸又在叫了，今……今天要鋪廚房那邊的磁磚，不趕快下去吃早餐，又……又要被罵了，快點吧。」他說。

此時，我也只能暫時將綠光拋到腦後了。「好吧，那下午我們去秘密基地。」

吃完早餐後，姨丈就吆喝著我們去村廣場旁搬運廢棄的木材以及磚頭，為了挑尋一些輔助工具來繼續進行鋪磁磚的大工程，已經持續了兩個星期，外表感覺起來非常柔弱的阿姨每天一大早就得去上班，深夜才回來，沒有工作的姨丈只好一直改造他們破舊的房子，他看起來總是神清氣爽，可能是因為他木工做得很有興趣技術也高明吧，雖然我一點興趣也沒有，我還想念在台北的任天堂與三國志二代還有涵好。然而找不到工作的原因聽說是他一年前才剛從牢裡出來，是什麼原因使他入獄的我不是很清楚，只知道阿姨在懷孕的時候他就已經在服刑，我有時候會試探的問一下智敦，可是並不能得到太多消息，只知道智敦是阿姨一手撫養長大的，童年時期的智敦沒有見過父親，而我對姨丈並沒有什麼好感，雖然心地善良的阿姨重新接受他，誠實木訥的智敦表面上也是聽話服從，可是我總覺得整個家的氣氛一直籠罩著奇怪的氣圍，所以我經常跟姨丈作對，大概是打從心底就覺得他是個犯人不是正常人吧。

「夏祐生！叫你要拿這樣長的木頭，你拿這麼短的我要怎麼做事，別把我的話當耳邊風。」理著三分頭身形魁梧的姨丈大聲咆哮著。

「就沒有長的木頭嘛。」我也喊回去。

「還頂嘴！」姨丈停下動作。「你知不知道你媽為什麼把你放在我們家過暑假，就是因為你在台北總是鬧事，所以才想看看在我們家會不會乖一點，要不是你媽拜託我們，你以為我想要照顧你嗎，你簡直是個大麻煩，不要自以為高尚。」

「我才沒有！」我低頭望著自己短短的影子，不一會兒，眼淚已經含在眼眶邊緣，並不是因為對姨丈的恐懼，而是母親她不得不每年將我送過來的原因這麼輕易就從他口中說出來，一想到我是多麼不情願來到這裡時，他的話讓我心裡很難受。

此時，智敦插進我們倆中間幫我挑了一些長度適中的木頭給他爸爸，每當我跟姨丈頂嘴時，智敦總是會默默的出現化解，不過他爸爸似乎不怎麼喜歡這個怪孩子，雖然他很怪，不過他真是個好人，這讓我更討厭姨丈，看智敦做事這麼專注而且勤奮，我也不再多嘴彎腰做事。我們用單輪推車將材料費力地運回家，一路上整個眷村都靜悄悄的，斑駁落漆的紅色鐵門整齊的在巷弄間排列著，真不知道裡面到底有沒有住人，推車上木頭、磚塊、鐵釘、形狀奇怪的塑膠等等湊在一起叩隆叩隆地發出聲響，幾隻麻雀的叫聲閃逝而過，蟬聲從公園那邊被層層磚牆擋住也已無力傳過來，不知從哪一條巷子傳來狗的吠叫聲，大概是北四巷兇狠的大白狗吧，除此之外一點聲音也沒有，風也不怎麼吹，連呼吸的聲音都聽得見，我們好像走在世界末日的街道裡。好不容易氣喘吁吁地從南六巷穿越大路出來後，看見一個頂著霜白頭髮的老伯伯坐在大路門口前的躺椅望著我們，我經常看見他，他總是像個菩薩雕像一樣動也不動，身上穿著破舊的短袖汗衫，額前縐紋重得快把他的眼睛壓成一條線，那汗衫也許是從大陸帶過來的吧，雖然我對大陸的印象僅止於課本，但我總是覺得能從他身上看見每個人都在啃樹皮過著水深火熱的生活的大陸，後來等我有機會到大陸與當地人共同工作時，才知道他們學生時也是從課本上讀到台灣同胞也一樣啃樹皮過著水深火熱的生活，啃樹皮這點兩岸倒是挺有默契，不過心裡想想那樹皮還真是無辜。老伯伯的眼神平平淡淡，沒有期望也沒有失望，沒有好奇也沒有懷疑，不能說沒有活力但卻好像藏著很深很遠的什麼，那已經超出我的想像，完全地，但我還是不禁好奇的跟他對望了一下然後加緊腳步跟上。

七月毒辣的陽光逼著我和智敦全身汗如雨下，不過強壯的智敦還是比我能撐多了，我頭暈得走路幾乎搖搖晃晃，進門後，姨丈把工具排列好就到冰箱拿了罐台灣啤酒坐靠著牆邊喝起來，宣佈現在是休息時間。我和智敦都鬆了一口氣，開心的往後方院子奔跑，因為我們要去玩潛水說話的遊戲，一個人潛入浴缸裡，另一個人在外面猜他在水裡講什麼，那樣玩就能開心很久，心裡難過的事完全煙消雲散，我懷念孩時的復原能力，也慶幸沒有受過太重的傷（或許吧）。休息結束後上工，我們的工作就是將木板架好在姨丈劃好的線旁，以便在這個區域內鋪上水泥和磁磚，其實工作並不太難，只是在鋪水泥時需要點心思，不平整的話磁磚就不好黏上，我像隻猴子一樣跳來躍去的，好像我是一個手藝高超的師傅，雖然主要的工作都不在我身上，但這樣就能夠讓我滿足，比起剛剛撿木頭要好得多，姨丈一邊叼著白長壽菸一邊瞇著眼用手工具切割綠油油的磁磚，那使他看起來至少像個好人，工業用電扇在一旁呼呼的吹著，後方院子的陽光灑在水泥地上，反射的光亮幾乎使人眼瞎，我望著那破了幾個角的水泥地，總覺得那好像快要被晒到融化似的，今天的天空一朵雲也沒有，收音機傳來是幾個月前不幸離世的鄧麗君的歌聲，一邊鋪著磁磚一邊聽著這首歌時，覺得夏天待在這種地方真是特別詭異。

「哎呀，聽說大氣層破了個洞，天氣會越來越熱了喲，再熱下去，南極冰山全部都會融化，聽說台灣會只剩下中央山脈，威尼斯不見了，荷蘭也不見了，世界末日，到時候要往哪兒跑呢。」姨丈朝院子望了一眼，嘆口氣。

我們沒有人回應姨丈，威尼斯是什麼地方？荷蘭又在哪裡？就算明天就是世界末日，光是末日本身這個詞就離我好遙遠，我沒啥心情去思考，只等著傍晚時跟智敦去秘密基地，說不定還可以去買個綠豆糕吃。

「哎唷，這世界很亂，你們下次在人多的地方記得要小心，日本那什麼麻原彰晃，在地下鐵放沙士毒氣，毒死好多人呀。」

「姨丈，應該是沙林毒氣啦。」這個新聞我還有印象，幾個月前有個滿臉大鬍子的男人照片一直在三台新聞裡強力放送，那一陣子蓄鬍的人經常都被拿來開玩笑。

「喔，對對對，是沙林毒氣。」姨丈那根菸的煙霧飄散，我不停的打噴嚏，想像著在東京地下鐵聞到的毒氣是什麼味道。

「哎，日本人也真的是很倒楣，年初才發生神戶大地震呢，死了好幾千人，哎，日本不能住人了喲，台灣也不能住人了，老共要打過來了，想當年我在金門當兵，老共打砲彈可是很準的，說打哪裡就打哪裡，有一次移防陣地就差個十來秒鐘，還好我們走得快，不然砲彈就直接打中我們，哎，今非昔比喲，要是打中了，就沒有智敦了。」姨丈堆起被晒得很粗糙的笑臉伸手想要碰碰智敦，可是智敦移動身體到另一邊去了，雖然臉部沒有厭惡表情，但似乎不想被他爸爸摸到，有一種不是很明顯的隔閡。工作到了一個段落，姨丈又蹲在牆角抽起菸來，眼神沒有什麼焦點，偶爾還寂寞地嘆了口氣，手臂上一條青色的龍像打了敗仗的士兵。

「中午到了，你們兩個等一下到黃媽麵店去買三碗麵和紅茶回來，記得幫我加多一點辣椒。」姨丈看了看手錶。

「可以買冰嗎？」我說。

「吃飯就吃飯，吃什麼冰！」姨丈從好像幾個星期沒洗的工作褲裡掏出幾張皺巴巴的鈔票給我們。

外頭炙熱難熬的天氣不到傍晚不會善罷甘休，我們還是偷偷決定到黃媽麵店後先去吃三種冰，這點零用錢我還是有的，雖然爸媽不怎麼管我，家庭感似有似無，但好處是零用錢絕對不會少，智敦在吃和玩這方面並不像他讀書時那麼酷，每次都被我慫恿成功，逼著他帶我去發現新的好吃好玩的，他總是用那種「齁！你又來了」、

「每次都這樣」的表情答應我，北八巷的柑仔店綠豆糕，南四巷裡可以盪到比天高的鞦韆還有待會要去的秘密基地，他其實對找尋有趣的事物很有天分，只是，有時候他默默在一旁對落葉感嘆時會讓我很想要拿把刀從他頭頂劈下去而已。

黃媽麵店位在眷村的另一頭出口，在早菜市場附近一間鐵皮搭建的小店鋪裡，阿姨只要沒煮飯通常都會去那裡買大黃乾麵回來給我們吃，那黃麵條吃起來又香又Q，獨特的豆瓣醬料散發淡淡的中藥味，飯後再喝一杯黃媽自製的冰紅茶，可說是人間天堂，黃媽來自中國河北，因為戰亂不斷輾轉南下到上海、廈門都開過麵店，最後跟著四九年大撤退來台，口味也從北方一路延伸到南方，聽說在空軍擔任文官的丈夫因某些原因來不及上船被留在上海，過了幾年就被鬥成反動派，信件往來也被迫中斷，聽說是被發配到甘肅蘭州的勞改農場作思想改造，從此一去不回。

「什麼是思想改造啊？」吃完美味的乾麵後我打了個飽嗝。姨丈述說著黃媽的故事時還算精采，好像他曾經經歷過那樣，雖然有一大半的名詞和地名我都不太清楚。

「這個很複雜，你還小不可能懂的，這是老共一個厲害的手段，簡單來說就是洗腦啦。」

「我每天都會洗啊，不洗會被我媽罵。」

姨丈訕笑幾聲。「你那個是洗頭吧，我的老天爺。」

「不一樣嗎？」

「當然不一樣。」

「哦。」我也只能說哦。

此時我看見智敦慢慢把碗放下，喝了一大口冰紅茶，然後用很無所謂的口氣說出接下來這段話。

「思想改造也就是思想否定，簡單來說，就是要承認你原本認為對的事其實是錯的，原本認為錯的事其實是對的，模糊掉個人信念，反對自己的思想，當你能夠做到這樣，那掌權者就可以很輕易的進入你的心中成為信仰，也很輕易可以批判你的價值觀，進而讓你去批判所有人，這個跟雙重思想也有點關係，所有人都是錯的，自己也是錯的，只有發明思想改造的人是對的，有可能是一個組織、一個黨，也有可能是一個神秘的獨裁者。」

我們真的沉默了好一陣子，我的腦子好像進水般有點暈眩，他又來了，像水一般流暢，一個讀國中二年級的學生可以講出這種話，我真的不曉得該說些什麼，那實在離我太遙遠了，我真的恨不得現在馬上就衝到秘密基地裡，管他什麼思想改造。

「很好很好，不愧是我的兒子呀，哈哈。」姨丈用手拍了拍智敦幾下，不過我想他也聽不懂吧。

「我去洗碗了。」我狼狽的逃到廚房，智敦收了碗盤也跟著後面過來。

「大敦，你剛剛好酷。」

「有嗎。」他有點不好意思的低下頭。

「你是怎麼知道那些事情的啊？」

「看完喬……喬治．歐威爾的小……小說，你也會知道這些呀。」

「那是誰啊，根本不知道。」我大笑。「而且你看你又結巴了，只有在講很難的事情你才會講得順。」

「有嗎？」

「沒有嗎？」我說。

下午我們將靠近院子那端的地板磁磚大致上處理完畢，喘了口氣，夏日斜陽已經無法射入院子裡，似乎不那麼熱了，姨丈洗完澡後就趴到木板床上呼呼大睡，我們出發前往秘密基地，只是沒想到這次一去，我們往後的命運稍稍才開始奇妙的展開了。

發現秘密基地的是智敦，不過一樣，慫恿他去發現的是我。

「真……真的要過去嗎？」智敦用純真到誇張的眼神望著我。

「大敦，都快世界末日了，反正以後這裡都要被海淹掉了，怕什麼。」

我們當時在籃球場旁的榕樹那邊玩，榕樹腰身光亮得像溜滑梯一樣，我們經常在那邊打彈珠、打瞌睡和聽貓叫，我看見有一隻白貓從鐵絲網的破洞鑽了進去，那鐵絲網的破洞很大，在網牆之後還有一條像護城河的大水溝，跳過去後有高得嚇人的雜草叢，聽說曾經有小孩掉落那個大水溝裡，所以村裡自治會才鋪上了網，我們也不太敢跨越，不過那是很久以前了，網已顯破舊，智敦當時玩得正興起，再加上我的三寸不爛之舌，一下就挑起他的敏感神經，本來不敢做的事情也都敢做了，在我長久以來的觀察，小胖子都有這種被挑逗性質的冒險個性，挺不錯的，況且我們倆都一直對那水溝後的神秘世界感到好奇。我們鑽進鐵絲網後發現那水溝並不難跳過，水流雖然還算快，但很容易看見底部，就算跌落應該也不至於發生什麼危險，這更增強了我們的好奇心，興沖沖的他不曉得從哪裡找來晒衣竹竿，然後在前端夾上兩片莫名其妙的木板，用尼龍繩緊緊綁在一塊，我問他這拿來幹嘛用的，他說那是青龍偃月刀，拿來劈草開路用的，很好，既然你是關羽，那我當然就要扮演智勇雙全的趙雲了（重點是長得帥），當時大家都迷三國志，在台北的國小裡還有躲避球五虎將呢我說，我幸運的找到一張上課專用的椅子，將它細心拆解後就得到了兩支青釭劍（後來我用毛筆寫上趙雲專用），於是兩虎將怒喝著開始殺草斬花，氣勢洶洶，經過整個下午的浴血奮戰後，我們殺出了一條小徑，然後就好像攻入洛陽城那樣興奮地發現了那片空地，在砍草時我都能想像單騎救主的趙子龍穿梭在敵陣輕取敵將首級的情景，智敦砍草的技巧並不高明，幾乎可以說是粗魯，從草的腰部使勁揮掃，但他就是有那種一旦投入任何事物就非得要完成的氣勢，相較之下我雖然用了點小聰明從根部著手，速度也快，但由於砍砍停停所以只能砍出小範圍的空間，大部分的面積還是靠智敦無條件的幫忙完成，要是在三國他一定是一代忠臣，那我就是一代忠臣的兒時玩伴。

後來，我們陸續在空地上擺放幾張破舊板凳以及廢棄的夾層木板，除了殺敵我們也很重視內政，經過我們的努力，這裡儼然變成我們治理有方的城池據點，城池前方是在廢棄地常常看見的白雛菊，旺盛的雛菊像是要把世界淹沒般散佈整片，讓前方視野一下就明亮起來，看來這裡真的沒有人來過，我們絕對就是發現新大陸的哥倫布，後方呈碗狀排列的雜草叢擋住飛機場傳來的聲音，四周一片寂靜，偶有風吹過時草才懶散地發出沙啦沙啦的聲響，接著從雛菊花海再直直眺望過去，那遠方不知名的城市是什麼地方我沒有概念，智敦說是西屯區還是北屯區什麼的，那也不重要了，因為我已經被今天傍晚的美麗景色給震撼住了。

由於連幾日都沒有下雨，蒼蒼茫茫的暮氣飄浮在晴朗半空中散不去，遠方樓房整齊刻劃出的城市剪影因而籠上一層灰白，幾盞燈火像神秘的眼睛在那灰白中搖晃著，城市剪影上方，落日餘暉放肆的渲染，漾出無法言喻的綺麗幻彩，銀色彎月像一枚製作精緻的胸針，神氣的走進夜即將來臨的宴會裡，星星也都好像快等不及想蹦出來參與盛會，多年後的我回想那天傍晚的光景就不禁想問問神（如果有神的話），那絕美難得的景色是給即將遭逢巨變的眷村的祝福還是詛咒呢？

我不小心眺望這景色太久，腦袋有些暈眩腳站不穩，當時的我不太懂什麼是天地一沙鷗、什麼是念天地之悠悠，但這景色使我的心好像被什麼東西緊緊箍住一樣，有時候還會疼，甚至有時覺得自己好像是個棄嬰，這個世界上有誰真正在乎我嗎，我想起台北的同學們，雖然台北比這裡有趣兩百倍，可是我卻沒有交到什麼知心的朋友，喜歡涵好雖然是真的但距離還是太遙遠，我們到畢業之前講話還不到兩百句吧，而且在那個時候每個男孩好像都非得要有一個喜歡的女孩不可，至於她是怎樣的個性、喜好、專長、交友狀況等等，我一無所知，不過如果失去了喜歡一個人的感覺，好像又什麼都無所適從，爸媽每天吵架也令我十分煩惱，接下來到底要留在台北或是有可能回到台中我也不曉得，未來的一切都不是我能掌握的，我搖搖頭，笑自己是不是被智敦給傳染了，可是當下心裡確實像沉到了泥沼裡。

「要不要吃，我去……去買了一些橡皮糖。」智敦從口袋中拿出可樂瓶形狀的軟糖，打斷我的思緒。

我回頭看一下智敦，他的皮膚似乎怎麼都晒不黑，髮色相當黑且濃，淡色的眉毛下有一雙散發深沉光芒的眼睛，身材也壯碩得令人羨慕，就是一般體育資優生的體格，這種身材去練體操、田徑、游泳什麼的都好，要是我有這種身材，打第四棒應該就沒問題了吧，不會老是打最後幾棒還常常被三振，跑也跑不快，接球也接不穩。我想如果我是女孩，應該會喜歡他安靜的樣子吧，對，我想只有安靜的樣子，只要他別講一些大道理，那真令我頭暈想吐。

「大敦，你知道你爸爸是為什麼被抓去坐牢嗎？」

「幹嘛問這個？」

「不知道，就想問看看。」

「聽說……說是做生意失敗，被陷……陷害吧。」

「哦，怎樣被陷害啊？」

「這種事我怎……怎麼會知道。」智敦一副不想把話題繼續下去的模樣。

「不想知道嗎？」

「也許吧。」

「說真的，我每年來到你們家都會覺得怪怪的，尤其是你爸爸回來以後。」我蹲下將地上的小石子拾往花海扔，幾隻小白蝶飛竄出來。「阿姨人真的很好，可是好像似乎太好了，她辛辛苦苦的工作養家，等了十幾年好不容易等到姨丈回來，但阿姨還是一樣辛苦啊，一年過去了，他一直都窩在家裡不去工作，本來只養你一個，現在又多一個，這樣不是更辛苦嗎，不是很過分嗎？」

「就算是過分，我……我又能怎麼樣呢？」智敦拔起了幾根小草使其隨風而散。

「大家都若無其事的接受一切。」我嘆了口氣。

母親每次把我送來這裡時都會拿錢給阿姨，表面上是我暑假的生活費，但實際上是為了幫忙阿姨的家用，上次她們在巷口把手中的鈔票推來送去的時候我就知道了，因此當我回頭看看整天躺在沙發看電視看到打盹的姨丈時，我的心裡又更是不舒服。

「小祐，有一句話是這麼說的。」智敦一副又是要講大道理的模樣。

「老天，你別又來了。」

智敦笑了出來，他的笑容還真令人感到舒服。

「**一個國家會變成地獄，恰恰好是因為人們企圖想將其變成天堂。**」一點障礙都沒有的說了這句話。

「要……要命喔。」我捏了捏太陽穴，現在反而變成我結巴了。

「我想說的是，人不可能沒有慾望，但如果誤會了自己的需求而拚命過度地想要改變些什麼，往往適得其反。」

「哦。」我盤腿而坐托著腮。頭還有點暈。

「換句話說，就是——」

「大敦。」我止住他。

「什麼？」

「換句話說，就是維持現況不要改變、什麼也都不要去想嘛，扯什麼天堂地獄的，齁～」我賞他一個白眼。

我們一瞬間大笑。智敦深呼吸一口氣後好像想到什麼又繼續講。

「哦，說的也……也是。」

「我還記得爸爸回來的那天，他……他在門口大喊我的名字，衝……衝進來把我緊緊抱著，我什麼話都沒有說，只是呆呆的被他……他抱著，唉，我不曉得怎麼形容那種感覺，像……像哥倫布發現新大陸，就像我們發現……現秘密基地，但，我不是哥倫布，我是那個被發現的新大陸、秘密基地，你……你懂那種感覺嗎？」

「被攻佔的感覺嗎？哈，就像我們攻佔這個地方。」我揮著劍想像帥到閃閃發亮的趙雲。

「不……反而是有點被侵……侵犯的感覺，八年了，我們從來沒有見……見過面，可是就突然這麼粗……粗魯的出現，太粗魯了，甚至覺得有……有點過分呢。」

「我看電影啊，監獄不是都有那種，就那個拿著電話筒隔著透明窗講話的，八年來都沒有去見過你爸爸嗎，怎麼可能。」

「媽媽不想我去，所以她都自己去。」

「哦。」

「我這樣好像……像傷了爸爸的心吧，畢竟……竟他這麼渴望看見我，可是我很冷漠。」

「怎麼會，你爸爸錯在先啊，先把你們都拋下了，干你什麼事，而且這麼多年了，要是我也不曉得該說些什麼啊，那個跟路邊的大叔沒有什麼兩樣了。」

「嗯，反正，以……以後的事以後再說吧，現在這樣就好，你……你也盡量避免跟他吵架，你難得來玩，這樣我也不好意……意思。」

我沉默了一會兒。

「小祐，**生活是一座高山**，再……再怎麼厲害的人物，越過許多困難的山……山脈，最後，還是得要面對這座生活的高山。」

我想像了一下那座名為生活的高山，雖然我想像不太到。

「好啦，雖然有時候我是真的搞不太懂你，不過既然你都這麼說了，我知道了啦。」

「謝謝。」

「謝個屁呀。喂，大敦，要不要走到另一邊看看，越過這片花叢走過去不曉得有什麼東西。」

「要嗎？」

「當然，我們來比賽，看誰先穿越花叢，關二哥，帶上你的刀吧。」我握著青釭劍跳起來。

「好啊！輸的人請吃綠豆糕。」這小胖子又被我逗起來了。

我們握著武器大聲吆喝著衝進花叢，一些蚱蜢、蝴蝶和不知名的昆蟲都被我們嚇得紛紛竄出來，智敦雖然身形魁梧，但跑起步來完全不輸我這個瘦皮猴，我氣喘吁吁的看著他跑步的背影以及時不時就回頭對我說：你快輸了喔。為什麼那時的我們連奔跑都可以這麼快樂……我們是多麼快樂，快樂到毫無準備來面對未來的哀愁。

我們奔跑了一陣子，最後是我輸掉了綠豆糕，不過他忘記我欠他錢，所以還算扯平。這片花叢比想像來得大，花叢的盡頭是一道殘破的紅磚矮牆，整面已經被蔓藤植物給覆蓋，像什麼遺跡一般與大自然共眠，我們全身也都沾染草莖的氣味，有一隻金龜子還爬在我的褲管，我將牠拔起來後爬過牆，金龜子突然飛高後又降落到花叢裡。我們坐在牆邊，雙腳垂懸在大約有成年人高且爬滿植物的牆面上，從這段落差往下可以看見一條小溪流，左方有幾塊農田，右方原來就是眷村南邊巷的後門區，水溝在這裡轉了一個彎然後向左方地勢較低的地方流去，大概是要給農田作為灌溉的水源，像是把這片空地給圍繞起來一般，而被夾在農田和眷村中間的是一塊無人煙的重劃區，重劃區一直分佈到高速公路下來的主幹道去，那時候的台中總有許多重劃區，方形地被柏油路以及鐵網圍繞，在綠色的鐵網上掛著「私人用地請勿擅闖」，裡頭蔓延的雜草比這邊的空地還要巨大許多，彷彿是兩世紀前就已經存在的雜草，被圍在裡頭的榕樹像待宰的羔羊掛著孤獨落寞的表情，草綠蒼蒼的觸手伸出鐵網彷彿要把鐵網抓到什麼地方去一樣，這樣看起來像是雜草包圍網而不是網包圍雜草，這樣的廢地為什麼會稱為是私人用地我一點也不明白，雖然位於中間，但面積卻要比這兩邊都還要廣大許多，感覺就像什麼不祥的巨獸等著醒來吞噬掉農田和眷村，將其變成無生命的空地，能夠感受到那種強大的威脅性，我們坐在那邊吹了一下風，順便拔了拔佈滿身體的鬼針草，拔這種小東西還真是麻煩，而智敦好像發現什麼東西一直朝右方盯著看。

「大敦，你在看什麼啊？」

我順著方向看過去，不知什麼時候有一個穿著藍色連身裙跟我們年紀差不多的女孩蹲在溪流旁，黑長髮，皮膚好像不是晒過的而是與生俱來就呈現均勻棕色，我在台北常打電動，視力一直都不好，看不太清楚女孩到底長得什麼模樣，她動也不動的直盯著水面，但是在那個時候，我就能感覺到智敦看著她的眼神，跟她看著水面的眼神完全不同，那是雙充滿溫柔的眼神。女孩盯了一陣子，從口袋裡拿出好幾艘用色紙折好的船，將它認真的放在水面順流漂下，船似乎折得不是很好，有幾艘馬上就沉沒了，與其說是放到水面上，倒不如說是將之丟棄比較恰當，我們三人同時望著剩餘的紙船隊伍駛過眼前沉沒溪流裡，不，應該只有兩人，因為智敦的眼神從沒有離開過她半秒鐘。女孩好像發現我們，突然緊張起身想要離開，像看見獵人的小兔子，但腳邊的拖鞋卻不慎滾落下了溪，那白色拖鞋比紙船強壯得多，不停的往下游奔流，女孩有點不知所措想要走下溪撿鞋，智敦見狀想也不想的跳下矮牆衝進溪裡，我想要阻止他卻也來不及了，溪比我想像的還要深，撲通一聲，智敦一跳下去水馬上就淹到他的胸口，他抓到了拖鞋，但要上到對岸卻好像有點吃力，苗頭不對，我趕緊四處尋找可以救人的工具，幸好讓我看見對岸柏油路旁散落幾根晒衣竹竿（眷村的空地到處都有晒衣竹竿），我連忙示意那女孩去拿。

「喂！那邊，竹竿，拿起來，伸過來我這邊。」我大聲的喊叫。女孩慌得哭了。

「快點！他快被沖走了啦！」我又再次大喊，女孩才有點恍然大悟的去搬動那竹竿。

我們很快的把竹竿擺放在兩岸之間，就像架起一座橋，智敦好不容易終於雙手勾住那竹竿，然後緩緩的爬向對岸。智敦自始至終手裡都緊扣著拖鞋，彷彿那拖鞋只要流走，他的生命也會付諸流水。全身溼透的他蹲在岸邊喘氣，我也如釋重負攤在草地上，女孩在一旁楞楞的像木頭，竹竿被斜陽照射，在水面上橫著一道細細的影子，全世界好像一起沉默了下來，而我真是嚇到心臟都快要衝了出來。為了要到對面我四處找尋看有沒有東西攀爬過去，後來發現往下游走原來有水閘門，其實剛才只要冷靜觀察，拖鞋流到那就會被水閘門擋住，根本也沒必要跳下去撿，我攀過水閘門上方跳到對面，看見智敦後我一劈頭就罵他，我實在忍不住這口氣。

「大敦你這個笨蛋！瘋了嗎？淹死的話要怎麼辦！」

「對……對不起。」

「看你全身這個樣子，等一下回去又要被罵了啦。」

「幫我拿去還給她。」他把拖鞋珍惜地拿到我面前，我當下真想把這個拖鞋丟到水裡。

「你就只惦記著這個，你剛剛都快沒命了知不知道。」

「好啦，幫我一下嘛。」

「自己不會去還喔。」我雙手交叉在胸前，其實自己也搞不清楚為什麼這麼生氣，也許，那個時候我已經將智敦視為重要的人。雖然不甘願但還是幫他還了拖鞋，智敦只敢站在我的身後側對著她。

「卡門邦。」

女孩向我們點頭說了這句話，我們楞住，她才好像覺得說錯話而搖搖頭，我問她是不是住眷村裡，她搔搔頭好像有點聽不懂似的用手往村裡的方向指。

「我儂要勉回家。」她說。

「妳要回家？我們也住在眷村，妳住在哪一條巷子？」我想她的意思是要回家吧。

「南九巷第三間。」

南九巷第三間……我似乎聽見智敦喃喃地重複這句話，像是要把這個地址吃進心裡一樣。

她的口音有點怪，像台語和英文和中文全部交雜在一起，音調很柔軟，鼻音很重，不曉得是剛哭過還是本來就這樣，因為口音有點不順，所以說出來語句是片斷的，像住在台灣正努力學中文的外國人，不過聽久倒也能猜出八、九成，甚至因為片斷的語句反而更能明白她要說些什麼，比起有人連珠砲式的說話習慣好得多，她似乎不怕生，而且非常大方的跟我聊起來，她叫黎詩婕（雖然聽起來有點像「裡塞姐」），她跟媽媽住在一起，至於爸爸怎麼樣了她則沒說，我們也沒問，我本來就不太管人閒事，智敦則是因為緊張而說不出話來，我每跟詩婕聊一句就偷瞄智敦一眼，反正真的很好笑，不過智敦會緊張也不是沒有原因，詩婕其實長得很不錯，雖然跟擁有沉默時就會讓男孩暈眩的臉蛋的涵妤相較之下有些程度上的差別，但我想那是一種更直接的氣息，就是詩婕要比涵妤更容易讓人感覺親近。她擁有陽光般的膚色，深邃五官，嘴唇豐厚且紅潤，直視她那雙黑到發亮的眼珠子時，就好像有一把軟刀子刺進心裡面，讓人什麼都想要原諒了，胸腔會熱熱的，好像她的臉蛋會散發溫度似的，而且她的眼神總讓我覺得她好像看過許多我所沒看過的異國風景，我們一直送她到家門口，智敦還是什麼都不敢說，但能感覺到他很用心的聆聽我們說話。再見！她很熱情的對我們揮揮手，這熱情在人少（尤其是女孩）的眷村裡相當罕見，她是除了智敦之外我在眷村第一次遇見的同齡女孩，智敦也從未見過她，這更增添我無可救藥的好奇心。回家路上我又重新回想剛剛火冒三丈的自己，其實我並沒有什麼立場對智敦生氣，只是覺得平常冷靜得像冰的智敦突然做這種事讓我覺得太愚蠢了，通常讓我感到很愚蠢的事發生時，我都會心急如焚的破口大罵，我也是控制不住自己的呀，我嘆了口氣，望向身旁還緊張到手指快要折斷的智敦，心情頓時好一些了，有一種抓到把柄的感覺。

在螺絲工廠工作的阿姨要輪晚班，所以我們決定吃泡麵了，還好由於姨丈不在（大概又出去喝酒賭博了），落水狗智敦少了一頓罵，阿姨兩夫婦不在的時候，我們都會感到特別輕鬆。他趕緊將衣服洗乾淨脫水，連我的也一起洗了，然後還將家裡整理了一番，有時候我真不曉得他那種不自覺的貼心行為是遺傳誰，邊搓洗著衣服的智敦又被我慫恿著爬去屋頂上吃泡麵。

「不要啦，會……會被罵。」

「下次我從台北回來幫你帶 BB 槍。」

「不行啦，真……真的不行。」

「我的超級任天堂也順便帶下來好了，瑪利賽車超好玩的。」

「不管你……你說什麼我都不會爬上……上去。」

「我明天幫你約黎詩婕出來玩。」

「我……」

我轉身跑上樓，彷彿在心裡看見正在對小胖子奸笑的猴子嘴裡吐著：中了！

今晚的風特別涼，好像有一種山雨欲來的感覺，遠處，螺旋槳聲依舊像這眷村半永久式的背景音樂不停播放著，四周混合著當時一些報導新聞的主播平淡腔調，跟現在像是演連續劇語不驚人死不休的新聞相差很多，我想這就是時代的進步或是退步吧，到底是什麼時間點、什麼力量讓新聞變成電視劇的，我一點也不明白。我們把腳底板貼在瓦片上，接觸整日被陽光披晒的餘溫，有隻三色貓蜷縮在對面的屋稜上動也不動，小小白手套蓋在小小的臉，像是看見我們兩個都裸體似的害臊著。

智敦房間就在旁邊，放在窗台邊的小型卡式收音機傳出他剛剛正在聽的音樂，我連叫了他兩次去把音樂開大聲一點，我想要在外面聽，可是他到第三次才突然回過神來，從回到家以後我就覺得他心神不寧，洗完澡就急著上樓寫日記，還特別放了好聽的音樂，一般來說他不會這麼早寫日記的，依照我極少的（幾乎沒有）感情經驗來看——**智敦戀愛了**——而且就好像被捲入龍捲風裡不知道下一步是死是活那樣的戀愛，只有那樣的戀愛適合智敦吧，一直都是，我想像著龍捲風，甚至有些羨慕起來了。此時，像時光機在天空飛翔的音樂飄散出來。

「你看，這裡很棒吧，叫你上來都不要，膽小鬼。」

智敦若有所思的望向遠方，我想他應該很享受這風景。

「這首什麼歌？你難得放這麼好聽的歌呀。」

「齊……齊柏林飛船（Led Zeppelin）的Ten years gone。我一直都在……在聽他們的歌啊。」

「是哦，那句英文什麼意思？」

「10年過去了。」

「10年過去了？這樣也能寫成一首歌？」我驚訝的問。

「重點不是歌名，而是他們創造出來的境界……」我聽到智敦深呼吸口氣，還閉上眼的樣子。

雖然不曉得在唱些什麼，但我不得不承認這是一首能夠瞬間讓時間靜止下來的曲子，吉他聲簡直黏附在心壁上隨著脈動，往後的日子裡每當我想起智敦和這裡所有的一切，我都會忍不住想聽這首歌。我們靜靜的聽歌吃泡麵，遠方機場那盞許願紅燈仍規律性的閃著，今晚沒有什麼別的願望，希望世界和平吧。

「大敦，我問你，你是不是很喜歡黎詩婕？」

「什麼？」智敦手一抖，湯碗溢出幾滴汁液。

「你很喜歡黎詩婕。」

「哪有！怎麼可能！」智敦的臉很容易就泛上紅潮。他慌了，我笑了。

「我從來沒看過你這麼衝動耶，連命都不要似的衝下去溪裡救拖鞋，你不是喜歡黎詩婕不然是喜歡拖鞋嗎？」

「我只是……是想幫忙而已。」

「騙人，我看喔，掉進溪裡的要是我的話，你大概會很冷靜的慢慢走到水閘門把我撿起來吧。」我大笑。

「哪有，我一樣會跳下去啊。」

「我才不信，喂，好啦，我改天會去幫你約她出來，放心。」我拍拍他的背。「所以，可以讓她來我們的秘密基地嗎？關二哥？」我想我露出這輩子最得意的笑容。

「隨……隨便你啦，你要不要約她又……又不關我的事。」他表面雖然氣得要命，可是我想已經有一道粉紅色暖流流過他的心頭，智敦在某些方面高深莫測，但某些方面就是那麼容易看穿的人。

「哎唷，這裡又沒有別人，這樣吧，我告訴你一個秘密，你就跟我坦白說你喜不喜歡她；怎麼樣，很合理吧。」

「我現在就……就可以告訴你啦，我沒……沒……沒有喜歡她啦。」我覺得智敦的結巴更為嚴重了。

不過我沒有理他又繼續說，我也不知道我為什麼要主動坦白涵妤的事，其實他喜不喜歡詩婕跟我也沒什麼關係，可能是因為信任智敦，也可能是因為這裡是不必負責任的地方（因為接下來要回台北了），不過我想是智敦因為有喜歡的女孩後而終於變成跟我同一國了，感覺不再像是另一個世界的人。

「大敦，我在台北也有一個喜歡的女孩子。」停頓一會兒，我觀察智敦的反應，畢竟對人坦白這種事很需要聆聽者的專心，否則容易受傷，這樣本能性的動作源自父親，父親聽我說話時總是帶點散漫和嘲笑意味的態度，眼神彷彿在告訴我「你這個年紀什麼都不懂」，經常讓我很難過也自暴自棄，但是智敦不同，他在聆聽這件事情上從沒讓人失望（至少從沒有讓我失望），每一件小事情他都能專心聆聽著，就好像被聆聽者口中述說的故事是他接下來會發生的命運。

「每次，我經過她的座位旁邊時心臟都會噗通跳個不停，好像不是我的心一樣，有一次體育課玩跳箱子，我不小心撞到她，兩個人抱在一起跌到地板上喔，天啊，你知道嗎，我整天上課都無法專心，從那個時候就很喜歡她了吧，班上某些人也把我們湊在一塊，經常有點類似嘲笑般地安排我和她當值日生，雖然我是喜歡這種方式啦，不過久而久之也會感到無力，因為，喜歡她的男生太多了，她平時抽屜裡書桌上總有情書，生日和聖誕節的時候座位則堆滿禮物，我就曾經看過她偷偷丟掉情書和禮物呢，對那些送東西的人來說，我這種默默喜歡就太不切實際了，所以，喜歡一個人這回事到底代表著什麼我也不太曉得，喜歡她，然後呢？接下來我又能怎麼樣？她準備去讀明星國中了，我的未來還茫然無知呢。」我想起了涵妤那無法親近的側臉，突然感覺有點憂傷，因為在她的世界裡，我渺小得像一粒沙。

智敦慢慢把泡麵碗放到旁邊瓦片凸起的平台上，舉起一隻手指頭感覺好像想到什麼但又找不到正確的字眼所以說不出來似的，然後他突然起身走進房間裡，再爬出來的時候手上夾著一本書。

「喏～你看看吧，第……第五十五頁，唸一下。」

我用有點狐疑的眼光望向他，此刻一台螺旋槳飛機滑翔飛上黑幕成為閃爍的星，劃過天空如海浪般的聲響波動似的飄傳過來，然後我啪嗒啪嗒的翻著這本屠格涅夫的《初戀》，利用從窗口透出的燈光喃喃地朗誦著：

「我的『激情』自那天開始。我想，自己當時的感覺應該與甫到職上任的人相去不遠；我已經不再是個少不更事的小男孩，我戀愛了。我方才提到我的激情自那天開始，我也可以補充說明，我的折磨也是同一天開始。見不到季娜依達時，我便難受萬分，無法思考，變得笨手笨腳，整天滿腦子只惦記著她，只是感到難受，不過，見到她也不會比較好過。我會嫉妒，會意識到自己的微不足道。我愚蠢地賭氣，愚蠢地卑躬屈膝，儘管如此，難以抗拒的力量依然牽引著我到她身邊；每次踏近她的房間，我會不由自主幸福得顫抖起來……。」

「讀完了，這是幹嘛？」我問。

「沒幹嘛呀，就……就覺得想拿給你看一下，怎麼樣，有……有沒有什麼感覺？」

「沒有。」我說。

「哦，那還給我。」智敦伸手要拿回去。

「等等，我再看一下啦。」

「哦。」

「大敦，你很賤耶，我都跟你說秘密了，你拿書給我是想要扯開話題吧，到底要不要跟我說啦，你很沒誠意。」

「就……就沒有嘛。」智敦拿起碗作勢要走進房間了。

「我才不管，不說就浸屎籠，切八塊。」

「就沒有嘛，好煩。」智敦逃進房間。

「大敦喜歡黎詩婕！魔法棒！讓他們永浴愛河吧！」我朝著天空大喊。

「吵死啦！快進來，小心我揍你！」

就這樣，《初戀》成為我這輩子第一次接觸的小說，以為小說就像智敦偶然流出順暢的話語般艱澀，但其實不然。後來，雖然我並沒有變得跟智敦一樣開始閱讀小說（甚至《初戀》也沒看完），但這段文字卻開始伴隨著我流浪在初接觸感情的時代裡，不是表面上看得見的，但感覺得到潛藏在心湖底部柔軟的泥中心，厚重地、扎實地存在著，就像寫作人都會被寫作前後時間內所閱讀的小說影響而寫出某種方向的作品，那是一種無形的龐大的壓力，就像原本要書寫浪漫但看完了卡繆的書卻越寫越朝向「**浪漫存在的意義**」那種思考邏輯，簡單來說，也像剛出生的小生物初次張開眼就直覺認定眼前的物事為父母那樣，我想那個時候，要是智敦拿出來的書是莎士比亞、波特萊爾，甚至是托爾斯泰，我後來的想法或許會有決定性的不同，不過時光無法倒流，在我青春歲月裡對感情的觀念確實很屠格涅夫，在我的心中也永遠烙上季娜依達的影子。

陰雨天的眷村散發另一種獨特的氣息，客廳幾個雨天就會出現的接漏水鐵桶發出滴滴答答的聲響，時而規律時而分叉，好像各自在發表什麼意見似的。蟬不叫了，貓不叫了，雨聲蓋住了左鄰右舍的交談聲、電視聲、炒菜聲，雨天眷村安靜得像隻躺在屋簷下面慵懶的老狗。阿姨依然一早就出門上班，這個暑假鮮少看見她的身影，只留下辛勞無奈的味道，姨丈仍躺在他舒服的木板床上，房間收音機傳來的聲音很微弱彷彿也是鄧麗君的歌聲，聽說在她去世之前，亞洲地區就有十億人對她的歌能朗朗上口，電視螢幕裡也不停播放著鄧麗君紀念專題，而現在有個躺在床上指間夾著長壽菸卻渾然不知而昏睡的男人也正飄到夢裡尋找了誰，雨好像唱催眠曲般不停下著，我關掉電視躺在客廳的籐椅上，一邊想著涵妤一邊呼吸著雨天特有的沁涼味昏昏欲睡，嘩啦……嘩啦……滴答……滴答……雨落在眷村的瓦片上變成一首緩慢的詩，而青春就是有多少光陰就浪費多少的另一首詩。突然一陣催促的鳥叫聲把我從睡夢中喚醒，不自然的鳥叫聲，揉了揉眼睛清醒後才發現原來是門鈴，我穿無袖汗衫和短褲打開有點生鏽的鐵門。

「嗨！」

「嗨！」

雖然只是第二次見面，我應該要有點驚訝，可是詩婕的眼神和姿態讓我覺得很親切，也或許是我散發的氣息對她來說也很親切，我們自然而然的打招呼方式像熟悉的朋友。

「能幫我一個忙嗎？」她的白色雨傘發出悶悶的聲響。

「要幹嘛。」我說話的口氣像是之前就幫過她很多忙似的。

「小貓，在首上下不來，很害怕。」

「首上？」我皺眉。

「哦不……收，受……上。」她用手指往天空比。

「妳說是樹上吧，樹～」我幫她正音。「在公園那棵榕樹上嗎？」

詩婕的笑容綻開。「對對對，樹上，在那邊，我上不去，幫我抓下來，我擔心貓會摔傷。」

「貓哪會摔傷，牠們從兩三樓上面跳下來也沒事啊。」

「會摔傷。」她認真的說。

「那我找大敦一下。」我說。

「不，尼來就好了，好不好。」她抓住我的手臂，用像小狗看見了主人般的純真眼神望向我，我該如何拒絕呢？

套上簡便雨衣和拖鞋我跟她肩並肩走到榕樹邊，貓不好抓，看見我爬上樹後牠一直退縮，雨又越來越大，牠小手緊抓著樹枝搖來晃去，從喉嚨中發出令人心疼的嬰兒哭泣聲，看來牠很緊張，我更緊張，我無法再攀爬過去，那枝條太細易斷，我決定擺動枝條讓貓掉下去給詩婕接住，就算沒接住，我想以貓的本能應該也不會受傷，結果，不好的結果，啪嚓一聲，在我擺動時樹枝應聲而斷，我與貓雙雙摔下樹來，腳先著地然後翻滾了幾圈，喉頭一陣箍緊感，依稀聽見詩婕的尖叫聲，眼前產生短暫的白光，身體也有短暫的痲痺，以為雨已經停了，但恢復知覺後才發現雨仍不停的下，接著，有團熱熱的氣貼在我的唇邊將我喚醒，詩婕吻著我，她溫暖的淚水貼附在我臉頰上，我一度又有要暈眩過去的感覺，在沒有想為什麼她要吻我的瞬間，我將她輕輕推開，這一推，雨水又開始落在我的嘴唇上。我無法將詩婕拉進我的眼裡，只有凝視著灰厚的天空，腦海裡浮現涵妤的臉龐，而心中一陣一陣類似漣漪般的物事漾起，也許是哀傷吧，就那麼一點點……

嘿~我的季娜依達，妳看見了嗎?這是我頭一次意識到……意識到人是會老的，我長大了，歲月好像經由什麼媒介流竄進我的體內，我的腦細胞不斷增生也不斷地邁向死亡，就在那雨天稍縱即逝的初吻過後。

03

意識到腳踝扭傷是我從水泥平台跳下來時，天真的以為從一層樓高的地方摔下來會一點事也沒有，結果瞬間痛得跌坐在地面上直打哆嗦，而貓早已不知跑到哪去，只剩雨和詩婕在身旁沒有離開。在詩婕還驚魂未定時智敦出現，而且二話不說地把我揹回家去，不曉得他是什麼時候出現的，大概是聽到我關門的聲音而擔心跟著出來找我吧，希望不是詩婕吻我的時候，回家的路上我突然感到有點罪惡，但這個罪惡對我來說太新鮮了，雖然思緒有點糾結，可是前方什麼都沒有，那是一個我沒有看見過的世界，有關於情感許多面向，情感的酸甜、危險、妒忌、不安、暗潮以及逝去，我不曉得的東西太多了，詩婕滿臉驚恐，智敦則是心事重重，我只能先盡量避開詩婕與智敦的眼神，而我們都沒有再提到詩婕吻我的事情。

接著，我開始了枴杖生活，韌帶拉傷至少要休養一個星期，還好回台北就是在一個星期之後，要是跛腳回台北多麻煩呀，醫生說年紀小復原能力很強，貪玩受傷的我竟然還有點得意起來，這就是小時候唯一能得意的地方吧，雖然帶我去看醫生的姨丈用斜眼瞟我，畢竟這又得要花他一筆錢了。詩婕因為那事件後常常跑來我們家，喔不，是智敦家，經常叩、叩敲兩下門，智敦開門後就好像當作自己家一樣跑進來，簡直就像是說好暗號似的，「我跟你們說，今天看到了，好大的蚱蜢，停在摩托車的椅背上，跟我的手掌，一模一樣大。」「夏祐生你的腳，沒好啊，我們什麼時候，可以去秘密基地呢？」「阿敦，你說那個，剉冰在哪裡，好吃嗎？」接著詩婕就會劈哩啪啦的講一堆話，智敦總是面帶有點緊張的微笑聽詩婕說話，他對她的態度再也明顯不過了，而我心裡卻不是滋味，畢竟是她叫我去抓貓的，貓沒事，現在我卻成了短期殘廢，害我什麼地方都不能去玩，連洗澡都要大敦幫我，時不時就被姨丈白眼，好像扭到是我自己的問題，而且前幾天智敦才為了她愚蠢的跳進河裡，雖然當時她有道謝，可是後來她卻一點感謝的意思都沒有，經常跑來問東問西的或是要智敦帶她去什麼地方，也沒有向我道過歉，好像我受過傷沒用了，她就轉向智敦要求些幫助，所以，終於有一天，我把她弄哭了，我不曉得是不是故意的，只記得當時有股想造成什麼無法挽回的錯誤般的執拗。

「這個我可以吃嗎？」詩婕看見智敦買回來的剉冰，眼神閃閃發亮。

「可……可以啊。」智敦滿臉害臊的坐下來，他明明就是知道詩婕下午這個時候會來，所以才買了三碗，而且都沒有跟我說一聲。

「哦，大敦，以前叫你買冰回來比登天還難呢，都嘛要我催著你一起去吃，現在小詩在你就不一樣了啦。」我說。

「哪……哪有，就大家一起吃啊。」智敦不好意思的說。

「小詩，妳怎麼都不回家啊，經常來我們這裡，家裡的人不會唸妳嗎？」

「媽媽，很忙。經常都不在家。」詩婕一臉天真的繼續咬著碎冰。

那天沒有陽光，不過溼氣很重，電風扇左右搖擺吹不散煩悶的空氣，就連吃著冰也不斷的流下汗水。

「真好，都沒有人管。」我說。「對了，妳為什麼去河邊放那麼多折紙船？」

「船本來，就是要在水上面，漂流呀。放在地上，又不會動。」

「是嗎？我看是因為折得太醜不曉得要丟在哪裡吧，所以把它們丟到水裡最快了。」我說完乾笑幾聲。

場面一陣冰冷，詩婕的臉上很明顯沒了笑容，智敦的眼珠子在我們之間來來回回擺動。

「紙船最簡單了，要是我來折的話就絕對不會沉沒，妳折得太爛了啦。」我又繼續說。其實胸腔一陣鼓譟，我開始在為難詩婕了，這是非常主觀的為難，我心裡知道，可是已經來不及了。

「夏祐生，尼很奇怪耶。」她放下湯匙。

「怎麼樣。」我也放下湯匙。「妳每次來這邊白吃白喝的，都不用付錢喔，妳爸爸媽媽都沒有教妳受到別人幫忙要說謝謝的嗎，妳以為我們都會一直幫妳的忙嗎，難怪妳都沒人管，是放棄管妳了吧。」

「小祐！」智敦用手肘推了我一下。詩婕眼眶已經有些微紅。

「幹嘛啦，我說的都是真的啊，大敦，你都幫她不幫我啦。」智敦的動作讓我更生氣，甚至有些難過。

「不吃就不吃嘛！有什麼好稀罕的！」詩婕將湯匙甩在桌上站了起來，一陣匡啷的聲響。

「那妳以後有種都不要來啊。」我也想站起來可是沒辦法。

「夠了啦，小祐。」智敦的臉很嚴肅，我第一次看到他生氣的臉。

「不來就不來！」詩婕轉身往門口走去。

「我也不想來這裡，我要回台北，這裡爛死了啦。」我摸索著椅背後的枴杖，然後搖搖晃晃站起來往房間走去。

我躺在一樓狹小的房間裡，聽得見啪嗒、啪嗒逐漸遠離空蕩的聲響，那是智敦穿上拖鞋追出的聲音，我的眼淚不知不覺落了下來，我也不知道為了什麼而哭，心情很複雜，淚水從臉頰滑下來跑進耳朵裡。我跟一個帶走我初吻的女孩吵架，而且很清楚爭端是由我這邊挑起的，雖然清楚但還是覺得委屈甚至氣憤，我握緊拳頭朝著什麼都沒有的空氣揮舞，吶喊，使出名為青春的軟弱，不一會兒，我放軟身體，想像著心急如焚追著詩婕出去的智敦，他們會在巷弄間擁抱嗎?智敦的手會擦拭詩婕的淚水嗎?然後詩婕躺在他的懷裡說出我不曉得的秘密，我想像著，然後心突然變成了一間空房，很深很廣，任什麼東西都無法填滿、充實，我試著分散注意力想想涵妤，或許她能給我些什麼，在台北，其實她也試著跟我要求過很多，我也全部都給她了，幫她遠赴板橋去買錄音帶，結果沒車錢回來只好用走的回中和，甚至幫忙她拿畢業紀冊去給傳言是她喜歡的資優班男生簽名，只因為我跟那男生家住得近，還有很多很多事我也都不計一切幫她做了，可是她還是如此遙遠、空洞。

啊～季娜依達，我微不足道的愛……嗎？

最後一個星期過得很沉悶，詩婕不再過來我們這裡，智敦顯得痛苦，可是他好像又缺乏足夠自信去找她，他有天夜晚像是忍耐很久似的問我是不是喜歡詩婕，如果是這樣他可以退出，可以不再理會詩婕，我氣得要命，幾乎就要跟智敦決裂，很難想像腦袋比我高明一萬倍的智敦在面對愛情時是這種態度，他似乎也對他自己的行為而感到悲哀，這個星期他度日如年，彷彿整個夏天的快樂都被最後這幾天的悲哀所消滅，我想，他是看見詩婕吻我了，這是無法改變也無法開口跟他討論的事。時間到了，媽媽帶著我默默的離開台中。

八月底，我在台北準備辦理國中入學手續，正式要跟涵好分開了，我感到難受，可是想到我只是這群相同難受的男生其中一個，感覺又似乎好了一些。在這段期間發生了一段小插曲，沒什麼特別了不起的事，只是班上某連鎖超市老闆的公子辦了一個小小離別聚會，因為他馬上就要移民去美國了，光是這個夏天就有三個同學移民到國外，為什麼他們總是急著逃離台灣呢？我不明白，不管怎樣，這場聚會卻讓我收到涵妤送的生日禮物，那是個很簡單的文具組用精緻包裝紙包裹著，有PILOT橡皮擦、自動鉛筆、原子筆、螢光筆、印有飛機圖案的十二公分小尺，這些文具都被放在色澤漂亮的原木鉛筆盒裡，每個文具樣式都不同，顯然是各別去挑出來的，大家都說涵妤長得像日本當紅的歌星華原朋美，一想到她在文具店一面挑著我的禮物一面哼著歌的模樣，我好像就被拉到了那種等級，彷彿我也是一個相當英俊的男孩了。

「你生日是七月底，對吧？」我抬頭看著她，涵妤有一雙又白又長的腿，身高高我將近半個頭，她的眼睛是全世界最美麗的銀河。

「對。」手裡拿著禮物我有點無法順利講話。

「嘿，雖然是說要回送你，因為你幫了我很多忙，也收過你送的生日禮物，但是呢，你該跟我說聲謝謝吧？」涵妤露出潔白整齊的牙齒，為什麼這個年紀的女孩會有如此壓倒性漂亮的牙，我有點被完全打敗的感覺。

「喔！喔……對不起，我……謝謝。」一瞬間我怎麼也變成跟智敦一樣。

「不客氣。」涵妤發出銀鈴般的笑聲。

「暑假都去哪裡玩呢？」我試著找話題。

「沒去哪裡啊，光是補習就忙翻了，我已經在上國中課程了，什麼一元、二元方程式啦，初級英語會話之外，我還要持續練鋼琴，國三的時候我就要去美國念書了，我媽說這段期間要把進度超前，好辛苦呢，為什麼非得要去那麼遠的地方念書不可呢，唉……」

為什麼非得要去那麼遠的地方念書呢，我在心底重複了一次，腦袋有點暈眩。

「美國很好啊，聽說有很多厲害的人，也有很多好玩的地方。」

「我才不想去。」

「也許有白馬王子喲。」

「我又不是白雪公主。」

妳怎麼可能不是白雪公主呢？

「嘿，夏祐生……」

她雙手順一下裙襬在身旁的庭園椅上坐下。我依然站著，院子裡許多漂亮的盆栽散發著高級的味道，原來盆栽也能讓人感覺到品味的高低。

「怎麼？」

「你喜歡什麼樣的女孩呀？」

「怎麼樣的女孩？嗯……該怎麼說呢。」

「我記得呀，之前看到你蹺課然後被抓回來，但你好像一點也不緊張呀，還是快快樂樂的自己做自己的事情，其實我很羨慕呢，覺得你好酷，就想，要是給一次機會讓我試一下像你這樣該多好，但我不行呀，家裡壓得我喘不過氣來，我要是敢這樣子做，我爸媽還不殺了我。」

「等回家的時候被打一頓然後罰跪，以及一個月不准玩電動的時候，就完全不覺得酷了。」我說。

「是嗎？不過我還是覺得你好酷，所以，你一定也很喜歡那種酷酷的，想到什麼就做什麼的女孩子吧。」涵妤修長的雙腿前後擺動起來。

我沒說話。我又能夠說什麼呢，心跳早已瘋狂的鼓譟，還好我皮膚沒那麼白，不然早已滿臉紅潮。

「好嘛，不說就算了，裝什麼神秘。」她輕巧的跳下來。

「不……我……」

「把筆拿出來。」

「筆？」

涵妤點點頭。

我將新的筆遞給她，她把我的手掌拉了過去，我的身體一陣軟，背部幾乎就要冒汗。她在掌心寫字，每寫下一個字，筆尖留下的觸感以及她的手散發出來的溫熱幾乎要將我推升到外太空去。

「記得，不管怎樣都要寫封信給我。」

「沒問題。」我說。心裡幾乎已經開始在想要寫什麼東西給她。

聚會裡的人都在呼喊涵妤，畢竟她是風雲人物，這場合需要她、她也需要這場合，她在門口瞇起眼對我說：記得要寫喔，不寫你就死定了。然後她走進聚會裡，我也離開了那聚會。在那不長的時間內，我站在院子裡看著掌心裡的地址以及那三個字『林涵妤』，陽光依然很強，從半透明的天花板窗穿進來灑在我的全身，閃閃發光的我的全身，我感到一種錯覺，那好像遙遠的地方有個聲音不斷在告訴我：嘿，你是永生不死的，你是永生不死的……

之後又過了幾天我不曉得，雖然有句話是這麼說的，在命運中美好的事總是伴隨著痛苦後而誕生，但這句話我想倒過來說還比較貼切，**在命運中痛苦的事總是伴隨著美好後而誕生**，因為，它將在我生命中得到驗證。記得那天下午和朋友打完棒球，完全毫無防備的我根本不知道接下來會發生什麼事情，準備開門時，我聽到裡面發生激烈的爭吵，聽得出是爸媽的聲音，但這中間又有一個女子的哭泣聲。內容我記得很清楚，那也幾乎成為了我生命中的一個重要轉折點。

『夏光程！現在是怎麼樣，直接把這個賤貨帶到家裡來，想要談判嗎？我跟你說你贏不了的，我要告妳妨礙家庭，我要告死妳！妳這個賤女人。』

『淑靜，我們要面對問題，妳知道我們已經吵幾年了嗎？我們結婚根本是個錯誤。』

『你不要扯開話題，現在是你的問題，你沒資格大小聲。』

接著我聽到玻璃杯摔破的聲音，其中那個被媽媽稱為賤女人的女子仍不斷哭泣，我不敢進門，我不曉得該怎麼辦，轉頭走掉嗎？我又該去哪呢？幾乎我去過的同學家裡都如此幸福，只有我的家裡天天吵架，去台中嗎？我不想讓智敦看見如此狼狽的我，那我該怎麼辦，開始覺得以後的生活會有很巨大的改變，想到那未知的改變我就恐懼了起來，眼淚已經止不住流下來，我蹲在門前哭了，緊握著 Mizuno 球棒哭了。

『妳要鬧是不是，好啊，妳難道忘了那件事嗎？我們當初怎麼談的？各過各的不干涉對方，只要為了祐祐好，我們都可以走下去，我們的婚姻在那個時候就已經完了，已經全部完了，現在只是該面對現實的時候，妳說我沒資格，妳更沒有資格。』

『這個跟那件事沒有關係！』

『對，這個家總是妳說了算，妳叫我原諒妳我也原諒了，叫我好好過生活拚事業，我也做了，妳不曉得妳當初傷得我多深，妳從來不曉得，我已經累了。』

『你就沒有傷我嗎？沒有嗎？』

『妳不要這樣子。』

我聽到媽媽一陣哭聲，好像什麼東西翻倒的聲響，還有人走動的聲音，感覺不太對，我趕緊拿出鑰匙轉開門衝進去，我看見媽媽和那個好像有見過面，聽說是爸爸的秘書小姐兩個人都跌坐在地上，只有爸爸站著，淚流滿面的媽媽、淚流滿面的秘書小姐、淚流滿面的我、表情嚴肅又帶點無奈的爸爸，場面一片狼藉。

『淑靜，我們離婚吧，時候已經到了。』

曾經相愛的兩人，為何如今像兩隻進行殊死戰的野獸？我在心底問自己。

喀嗒、喀嗒、喀嗒……火車滑行在鐵軌上傳出規律的聲響，也將我拉入深沉規律的夢裡，從激烈爭吵的那天後，我就不斷作著類似的夢，夢裡的爸爸親切得不可思議，甚至令我起雞皮疙瘩，他帶我到他寬敞的辦公室裡（雖然我一次也沒去過），讓我用三色投影機打電玩，一百吋的大螢幕讓我玩得不亦樂乎，媽媽從辦公室門口走進來，端著炸雞塊還有薯條可樂放到我面前，我真的超級超級開心，我回頭望他們一眼，他們正對我笑著，我又再繼續破關，非常順利的破關，然後我又回頭望向他們，他們的臉孔開始扭曲變形，我認不出他們了，爸爸的臉像是油畫被蘸上水的毛筆塗抹，所有形狀顏色都溶化在一起，媽媽的臉則不停更換，不曉得換了幾次臉，簡直就像電玩裡在換人物時的動畫，最後停下來了，我再仔細定睛一看，不是別人，那張臉上掛著秘書小姐的燦爛笑容，然後我嚇醒，每到這個時候我都會嚇醒，火車車窗外遠近燈火正用不同速度在移動著，越靠近的速度越快，我想這是否也像人生，**近於眼前的事物快速流逝，遠在過去的回憶卻緩慢伏行。**

媽媽拳頭托著腮正無神的望著窗外，耳邊幾撮髮絲沒有整理而隨意落下，看起來像是好幾天沒睡覺、受過傷的貓，到底五、六年前發生什麼事呢？我跟爸媽從以前到現在的相處絕對不算是親密，跟同學們那些動不動就擁抱、親吻臉頰的家庭無法比；之前說過，他們似乎都把所有精力浪費在爭吵，或許對他們來說不算是浪費，而是為了彼此生存所以該做的很自然的事。我也已經習慣，只是沒有想到這次已經嚴重到無法收拾的地步。不管怎樣，那一刻，我好想躺到媽媽懷裡，我偷偷看了一眼媽媽微微隆起的腹部，那裡似乎散發著原始無比的溫柔，身旁媽媽散發出來的氣味令我懷念，本能性的驅動我想靠過去的心情，但我堅持了一下，最後還是沒有勇氣靠過去，因為這樣，我想起那天刻意為難詩婕的情景而感覺有些慚愧，我頭一次意識到，像我這種個性的人，或許有一天不會被世界所接受，這樣想的時候，我倒是羨慕起會為了詩婕不顧一切跳下河裡的智敦。

「祐祐，在想什麼？」媽媽突然開口。

「沒……沒有。」

「老實告訴媽媽。」

「媽，爸爸說的那件事是什麼意思，是發生什麼事嗎？」

她摸了摸我的頭。「你還小不懂這件事，等你長大我再慢慢跟你說，你只要知道，爸爸和媽媽是全世界最愛你的人，尤其是爸爸，你千萬不能恨他。」

「恨？」我疑問的望向她。實際上我壓根也沒有想過這件事。

「像這樣把你台北台中帶過來帶過去的，其實媽媽也很不願意。」

「哦。」我也只能說哦。

「你可能，接下來不會再回到台北了，媽媽已經幫你安排入學手續，你會在台中讀書了，媽媽跟爸爸的事你不用想太多，媽媽會去處理好，你只要好好的念書長大，其實回台中也好，台北的環境比較亂，媽媽也會擔心你學壞，你不要讓媽媽擔心好嗎？祐祐。」

「嗯。」我也只能說嗯。我對自己平靜且什麼都不在乎的心情感到厭惡。我似乎已經放棄了什麼，有一種『妳都這麼說了我又能怎樣呢』的心情，再見台北、再見涵好，我現在突然有點想坐在眷村的瓦片屋頂上吃冰棒，想在秘密基地裡看夕陽落下，什麼都不想管了，我並不恨爸媽，只是覺得人其實無法自己決定自己的人生。

媽媽見我不說話又嘆了口氣並摸摸我的頭。「唉，祐祐小時候很可愛的，根本離不開媽媽，很喜歡跟媽媽撒嬌呢，記得有一次我跟爸爸故意不理你，躲在一旁看你能哭多久，結果你知道嗎，祐祐你就站在門口哭了將近一個小時呢，哭到鄰居都出來抗議了，後來你一看到媽媽出現，你就馬上飛奔到媽媽的懷中，唉，長大一切都變了……」說著說著媽媽又流下眼淚。

我並沒有安慰媽媽，雖然我很少看見媽媽這個樣子，她在我印象中是個獨立的女強人，伴隨著爸爸一路從基層員工『吵』到高層主管，簡直感覺就像是任務完成必須要離開爸爸了一樣，而且說實在的我也不曉得該怎麼辦，只能低著頭看著互相交叉的手掌。

「如果祐祐都不會長大該多好，如果人都不會變該多好呢……」媽媽倔強似的將頭轉向窗外。

這兩句話一直迴盪在我的耳畔，好久好久都散不去，我難過得不得了，心突然縮得好小好小，甚至有點被壓迫式的疼，不曉得該如何形容這種直接的想法，然而，我為什麼要長大，為什麼長大會讓媽媽不開心，我不曉得，只是我感覺到，在內心深處遙遠的地方有某些細微的物事飄散著，然後被風吹到高空就這樣融到虛無裡去消失無蹤，多年以後，我一直回想心底那些如雪花般易碎的物事，有時候會讓我懷念到心痛，可是那已經是完全消失的什麼了，那年，夏天也這樣結束了。

我住在媽媽暫時租的社區公寓裡，雖然離眷村不遠但也隔了一段距離，因此我跟智敦以及詩婕比較少見面了，但是由於學區關係，我們三人又湊在一起讀了同一所國中，智敦從國二升到國三，而詩婕不知什麼原因也進了D中美容美髮班，我們三人又被命運的繩緊緊綁在一起。首先我想先聊一下這所學校，D中是出了名的流氓學校，整所學校除了教室位置被安排在校園角落的四個升學班，其他所謂的普通班簡直可以說是群魔亂舞，升學班那個區域被戲稱是『龍發堂保護區』，所以沒人想靠近，而除了『龍發堂保護區』之外，經常在教室裡、福利社或操場旁的榕樹下都能看見圍著一群學生互毆（通常是多打一），也許是因為幾乎每天都上演，所以場面混亂中卻又帶有秩序，大家群聚、互毆、散場，下一堂課依然繼續進行，被排成擂台形狀的課桌椅也會在結束後不知被什麼神秘力量給歸位，被揍得太嚴重的學生甚至馬上就有救護車來抬走，這種效率要是用在升學，那這所國中應該就是明星學校了。教官和老師們對於校園霸凌好像也見怪不怪，那時候沒有霸凌二字，頂多是學生『調皮』愛打架而已，在老師都還能夠把學生打到連椅子都坐不下去的年代，學生們打群架好像被認為是正常的事，我甚至覺得他們可能聽到槍聲才會出來關心一下吧，聽說某屆學長南下畢業旅行就像踢館一樣，到處找人打架，由台中打到高雄再打回來，聽說所向披靡，這是導致D中惡名昭彰最主要的事件。

只收女學生的美容美髮班可說是D中的大姐頭中心，因為這個班級集合了許多會打扮的女孩，所以詩婕的學姐們有好幾個都是學校老大或是校外老大的女友，經常發生為了哪個美髮班的女孩而互相大打出手的事件，也有只是因為哪個大姐頭看誰不爽就『撂』人來圍住教室，經常聽到「喂，下午兩點，13班那邊要被圍了」，「放學後校門口」，「有人要PK了」等等，就知道大概有人要倒楣了，大姐頭通常都能掌握誰該打、誰不該打的權力，當然學姐欺負學妹、學長欺負學弟更是家常便飯，我曾經就被潑過拖地水，整對課桌椅被扔出窗外或是腳踏車被支解倒掛，不過我都毫不吭聲默默收拾殘局，也不怎麼想告狀（告狀也沒什麼用），畢竟自己一個人從台北來這裡根本沒有朋友可以幫忙，二來我也不是一個喜歡逞英雄的人，愛怎樣就怎樣吧無所謂，自從離開台北後我已經放棄很多東西了，而且對於那些被打到住院或轉校的同學來說，我被欺負的事件算是小巫見大巫了，能活著離開已是萬幸，最後他們終於感到我的無趣所以放棄欺負我。詩婕我在校園內巧遇過她兩次，只是擦身而過點點頭並沒有停下來說話，雖然才幾個月沒見她卻改變很多，水藍色的百褶裙飛到膝蓋上，她身材嬌小但比例很好，一雙漂亮而膚色健康的長腿就這麼無畏怯的裸露出來，頭髮也似乎修起層次感，我們眼神交換時能感覺到那一點點熟悉與尷尬，雖然盡量避開她的眼神但又不經意的望向她的嘴唇，在那唇面上留有我的初吻，那是一種很奇妙的感覺，我們好像因為那個吻而連結起什麼東西，雖然我對她還懷有一點歉意。而智敦則是常常跟我一起中午跑去福利社買零嘴，或是又被我慫恿從後門翻牆出去吃牛肉漢堡，他結巴的狀況好像有慢慢在改善，其實這讓我有些不習慣，對我來說，他講話走走停停才令我感到親切。

「我一直在練……練習朗讀小說，這樣好像有點幫助。」他這麼說。

「大敦，我早就說過你在講那些很難懂的東西時，說話就都特別順利啊。」

「哪有……」智敦難為情的搔搔頭。

我喜歡看他搔頭的模樣，有時候會覺得我變了、詩婕變了、爸媽變了、眷村變了、世界變了，但幸好智敦永遠不會改變，他就是擁有那種孩子般的純真感，我們不論隔多久沒聯絡卻總在每次見面過後立即熟稔起來，還好跟他讀同一所學校否則我可能會活不下去，或許在人生當中就會有這麼一個朋友，他不像高掛在夏日晴空中的豔陽，而是像夜空裡默默努力地跑了億萬光年的星子。

那是個接近秋末的下午，幾朵烏雲被陽光描上淡淡金邊，風時而吹時而停，是個舒服的沒話說的午後，回到台中的好處就是經常擁有這種沒得挑剔的舒適午後。

操場上女壘隊正在練習而整齊喊著嘿荷、嘿荷的口號，偶爾會聽到金屬棒擊中球心的爽脆聲，感覺球可以飛很遠的聲音。下課鐘響剛結束我就看到窗外一陣騷動，好幾個人往美容美髮班的方向跑過去，並且一副準備看好戲的樣子，我對那種事情沒什麼興趣，戴上我的耳機準備趴回桌面睡覺。接下來的細節是多年以後詩婕親口告訴我的，我自己只有參與到後段，也算是我們三個人的共同回憶，但我的記憶很薄，只好將記憶猶深的詩婕告訴我的事細細展開。她說那天下課後幾個二、三年級的大姐頭闖進她的班級，幾個普通班屬於嘍囉角色的男孩把桌椅都踢開，叫所有人都滾出教室，一陣混亂當中總共有十來個人團團圍住她。

「喂，妳就是黎詩婕是不是？是不是！說話啊妳。」

詩婕沒有理會他們，繼續盯著手中的英文課本，當然，課本馬上遭殃，帶頭說話的那個二年級整頭金髮的學姐搶過來撕爛，撕得相當徹底因此還花了一點時間，碎紙頓時在教室飛散。

「看、看、看，再看啊，他馬的，不理人很唱秋嘛，裙子還改這麼短，是怎麼樣，誰教妳的啊，有人罩妳嗎？是有人罩嗎？」旁邊幾個男生用腳踢她的桌椅試圖叫她起來。

「我看見妳跟五班的凱仔走得很近，馬的，妳知不知道他是我老大的錘仔。」

金髮用手指戳了詩婕的頭幾下，詩婕把她的手撥開，眼淚已經泛在眼眶。

「我跟什麼凱仔一點也不熟，尼斯想找麻煩嗎？」詩婕站了起來。

她的口音引來一陣訕笑。

「妳這雜種會不會說國語啊，聽說妳媽媽是越南人對不對，哎唷，有沒有病啊，會不會傳染呀，好噁心，胎戈鬼！」

詩婕毫不客氣就給了金髮一巴掌。但沒有什麼用，看來金髮是經驗老到，一臉輕鬆，大概是吃過很多巴掌才能爬到現在這個位置的那種近乎不屑的神情，隨即金髮就回了詩婕好幾個有力道的巴掌，詩婕強忍著痛和眼淚，她不想哭，哭了等於認輸，她已經對自己的人生認輸好幾回，這次她不想，詩婕在我面前聊這些當時心情時，我看著她的眼神彷彿透著堅強的光。

「馬的。帶她到廁所啦！關到最後一間啦，厚細啦。」人群中有幾個開始叫囂，詩婕就這樣被連拖帶打的抓進男廁。二樓角落那間男廁是出了名的髒，學校也不怎麼管，放任它惡臭瀰漫，離廁所最近的教室通常靠內側的窗戶終年都不開，只要開個幾分鐘，整間教室沒有人敢進去上課，而負責打掃的班級也只是定期的去潑潑清潔劑和鹽酸，除了小便斗還算堪用，其他三個隔間根本沒人敢進入，最裡面那間還被膠帶封起來，門板上畫了一堆類似咒語或是惡作劇的圖案，我光是一個人去上廁所時看到那門板以及聞到惡臭就已經覺得毛骨悚然，我無法想像詩婕被關進去的心情。實際上詩婕也無法忍受，她忍了幾秒後便開始尖叫，不斷的敲打門板，情緒幾乎崩潰，外頭不知誰出的鬼主意，兩三個人出去提了水桶進來便往上潑進去，水一接觸到詩婕，尖叫聲更是淒厲且猛烈，詩婕已經完全失去理智的大喊，她說當時眼前一片白茫茫的，已經不知道自己在做些什麼。而在教室的我才發現事情不太尋常，醒來後教室都空了，大部分的人都跑去看好戲，一個同學跟我說是美容美髮班的黎詩婕被堵，我才嚇得趕快跑去那邊，不過廁所門口已經擠滿了人群。

「再秋啊，再秋啊，臭雜種，妳這個低能的臭雜種。」從廁所裡不斷傳來叫罵聲以及詩婕快要虛脫的尖叫聲，我想要擠進去但是太困難了，人越來越多，我有一種到達災難現場的感覺，現場一片混亂。

「滾開！」聽見後方一個人大喊這兩個字，我還沒來得及反應就被擠到旁邊，感覺就好像有一艘船衝進游泳池那樣，人群被劃開條小路，一個高高的人影拚了命擠進廁所，我的預感還沒來得及從腦海中產生，馬上就知道他是智敦了，我站起來再確認了一次，沒錯，他是智敦，智敦衝進去把裡面的人都給推開，由於智敦人高馬大，金髮以及其他小嘍囉都被推得東倒西歪，他把堵住門的椅子拿起來用力摔爛，將門打開把詩婕抱起來準備調頭就走，當然沒那麼容易，幾乎被他推倒的人都圍上去亂打，發出砰、砰、蹦還有夾雜著髒話的聲音。我很緊張，第一次看到這麼亂的場面整個手足無措，我只知道再這樣下去智敦可能會被打死，我四處張望看有沒有什麼辦法，但我又有什麼辦法呢？只有心跳聲止不住的擴大，他們每打一次智敦，我的胸口就不停的刺痛，眼淚已經不知不覺流下來，可是我全身無力，要不是剛好掛在牆邊的滅火器被擠掉撞擊在地面上發出鈍重的聲響，我還真的一點辦法也沒有，我下意識的走向前拿起滅火器，拔開安全栓，抬起黑黑的管子朝向人群，這時候有個男生剛好轉過來面對著我，好像也是某個班級老大，之前曾經扁過我的，他瞪大眼就好像我拿槍準備取他性命一般發抖地看著我，那眼神我到現在還記得，號稱老大的人也不過是個國中小男生而已，他的軟弱、徬徨、無助瞬間都被我看透了，然而，在那一刻，幾個月內發生的事像電影的慢動作開始在腦海裡輪播，爸媽離婚、媽媽的眼淚、與涵妤分開、在學校被欺負等等，**積壓已久的情緒與對方懦弱求饒的眼神相撞而釋放出更大的憤怒**，當下，我恨眼前的男生、恨全部圍觀的人，恨我的爸媽、恨我的生活，恨我所有的人生，為什麼人要如此為難另一個人，為什麼呢？原來我根本無法假裝無所謂……我無意識地用力按壓把手，粉白的霧代替心中的疑問和憤怒衝了出來，頓時眼前的一切都被染上白白的乾粉，圍觀的人群一下就被轟散四處慌逃，喊叫聲此起彼落，那些自以為神氣的人現在都像喪家之犬敗逃，有的人甚至哭了起來，我心一橫繼續往廁所裡轟著乾粉，心想不管怎樣一定要救出他們，然後不斷大喊智敦快跑、智敦快跑……智敦從一陣白霧中抱著詩婕衝出來，確認他們跑到一個安全距離後我才丟下鋼瓶，在奔跑同時雙腿能感受到明顯的無力，心臟感覺就要猛烈跳到停止，其實我害怕得有點想哭，下樓梯時還差點摔倒，我們一路沒有停止的往小門逃跑出去，一直到躲進附近公寓之間的防火巷裡才停下腳步。

智敦慢慢放下詩婕，撫摸著自己的臂膀一臉痛苦，感覺好像有被打傷，我則是癱軟坐在一旁的台階，深呼吸試圖讓自己緩下來，可是心跳還是不停的撞擊，現在情緒和剛才有很大的轉變，我現在正在對智敦生氣，我很想激起憤怒的情緒好好罵他，罵他為什麼又為了詩婕做傻事，事情本來可以有別的處理方式，冷靜的他每次遇到詩婕就完全變了樣，可是當我轉過頭看見詩婕哭花了臉，一頭失神的亂髮以及因為被潑水而顫抖的身體時，我就無法說些什麼了，但令我更沒想到的事發生了，詩婕眼神一和我交會後立刻衝到面前緊緊的把我抱住，力道簡直就像是被綁架數日的孩童第一次看見父母那樣，這段不短的時間裡，詩婕身體極為渴求甚至帶了點粗暴的擁抱著我，之前從來沒有人這樣抱過我，甚至是父母也沒有這樣過，這不只是第一次感受到女孩身體的溫柔，鼻間飄來淡淡的髮香，這也是第一次感受到原來我能夠給予女孩什麼，這段不長的時間內，理智最後掌控身體主導權，這個擁抱對我來說還是太怪異了，我無法將之擺放在心底的一個正當位置，更何況我在意智敦，所以本能性的反抗將她推開，甚至瞪了一眼站在旁邊發楞的他，我們三個人頓時杵在原地，心裡雖說覺得怪，但我又不太希望智敦去碰她，一旦想像的時候又不太舒服，但同時我也不想碰眼前的她，我不知道怎麼回事，簡直自顧自的生氣起來，我的心情也壞透了。

「對不起，我……我想自己一個人走。智敦，你送小詩回去吧。」

被推開的詩婕雙手環抱著自己身體然後投給我空洞的眼神，有點失望、有點無奈，好像是我拋棄了她，欺負了她。

「要……要回家就一起走啊。今天也不用上課了。」智敦走向我們之間。「反正，回去有可能又要被圍堵吧，走……走吧，我們一起回家。」

「……」詩婕沉默著。

智敦將身上的運動外套脫下來覆蓋在她微微發抖的身體，這動作又讓我皺了皺眉。

「不能回家啦，提早回家不就讓人知道是蹺課了。」我說。

「那怎麼辦？」

正當我們在思考時。

「尼門，尼門還沒有帶我去秘密基地。」詩婕喏喏的說。

看見智敦疼惜般望向詩婕的眼神，我的心不知為什麼響起一陣空空的聲音，那好像是一種嘆息聲。

整個下午我們三人都在秘密基地裡聊天，應該說是兩人，因為智敦總是在一旁靜靜聽著，他是專業的聆聽者，基地裡擺放的木板因下雨變得溼軟，最後再被陽光反覆照射就呈現波浪狀完全變形，那看起來像某個被摧殘後的古老遺跡，我們或坐或蹲在那遺跡之間，詩婕描述著她坎坷人生時笑得很倔強，表面上一副無所謂，可是能看得出來其中有被狠狠損傷過的無奈。詩婕的父親已年近半百，她還不曉得自己的媽媽其實只是透過婚姻仲介有條件嫁到台灣來的外籍新娘，當然，我們也不曉得，這些事遠遠超出我們當時可以理解的範圍，就算是幾年後當外籍新娘上街頭抗議爭取生存權益時，我們也還在懵懂無知不然就是視而不見，明明事件就是離我們這麼近啊，我想這是社會無奈的運作方式，**公平正義還是必須經過多數同意而不是那些最需要的少數人**，但是一直到更久以後，智敦為了某件『重要的事』挺身而出，才讓我上了一課。

「喂，小詩妳到底得罪她們什麼了，為什麼被她們欺負成這樣啊？那間廁所很恐怖耶，每次在那邊小便都不能呼吸。」我問。

詩婕抽了幾下鼻子，用智敦拿給她的手巾擦拭溼潤的黑髮，她的髮色在染過水後更顯得晶亮。

「我也習慣了，從小到大，哪有一次不被欺負，因為我講話，很奇怪呀，讀幼稚園的時候，都還不太會，說話，就會被拉頭髮，打翻便當，鞋子不見之類的，連老師都對我搖頭喔，因為我聽不懂他們說話，覺得，自己好像是個外星人，常常，想拿刀子割開皮膚，看看，血是不是綠色的，還好有一次因為跌倒，從膝蓋流出紅紅的血，就打消念頭了，哈哈……」詩婕自顧自地笑，可是我和智敦一點也不覺得好笑，尤其是智敦，他眼神像午後睡著的貓一樣溫柔。

「我啊，也有好幾次被惡搞，要走去福利社不是要從一個走廊下方經過嗎，隔壁班幾個男生埋伏在那邊，走廊在二樓我根本無法注意到，當我經過的時候，他們就把整桶水倒下來，而且還是拖過地的髒水喔，砰的一聲，真是正中紅心，我根本連閃的念頭都沒有，被淋成那樣還只能勉強撐著走去福利社買東西，那些傢伙還跑到福利社來假關心的對我說：你怎麼了，是掉到大水溝裡嗎？然後嘻皮笑臉的拿著菠蘿麵包和鮮奶，錢也不付的就跑掉了，我這個被潑水的人還得要從口袋拿出皺巴巴的鈔票付錢呢，妳說多慘呀。」大家一開始勉強給個微笑，隨後又好像覺得這種事不該開心所以又陷入沉默，其實我是想安慰詩婕什麼的，但找不到適當的字句，只好也『分享』自己被欺負的經過，天真的以為大家是站在同一邊。

「我跟小詩差……差不多。」換智敦開口。「當初被醫生診斷說是輕微自……自閉症兒童不久，爸爸就去坐牢了，其實我也不太清……清楚怎麼回事，那個時候老師就開始會用異樣眼光看我，本來在小班制的升學班裡，也不知……知不覺的被換到普通班，跟我說……說是因為額滿了，但其實我有聽說是因為怕影……影響到其他同學，到了普通班就開始有人來找碴，有人想脫我的衣……衣服說是要看看有沒有刺青，還有人一直要找我打架，說搶匪的兒子一定也……也很會打架吧，很過分的話，還有經常風紀股長很會記我名，沒有什麼理由，罰抄寫罰提水桶是家……家常便飯，忍了很久，最後因為受不了挑釁推了那傢伙一把，沒想到他瘦……瘦得要命，一碰就彈出去了，就這樣把門牙撞斷，然後我就被記了大過，全班再也沒有人敢碰我，但也沒人……人願意跟我當朋友了，畢業證書還……還要我媽媽帶我去校長室領，夠慘的了。」

一股低氣壓籠罩在我們之間，三人暫時沉默，雖然智敦的事情我大概有聽說過，不過從他口中說出來還是頭一次。

「誰叫你力氣這麼大，那些敢跟你打架的人一定是瘋了。」

「我不懂為什麼有些人總是很喜……喜歡挑釁，這是一種病吧，難怪，這世界會有這麼多戰爭。」

「喜歡戰爭的人都有病吧。」我說。

「不，是欺負弱者的人都有病，尤其是那些自以為公平正義是他們在維護的傢伙們。」智敦輕輕撫弄著他自己的肩頸。

我和詩婕都低頭沉思一番。

「嘿，大敦，你這樣被打都不會痛嗎?這麼多人打你一個耶。」

講完後我看了一下詩婕，畢竟不管怎樣智敦是為了幫詩婕而挨打的，可是詩婕什麼都沒有表示，只是靜靜的等智敦說話，不知道她是不是一直都是這樣的個性，總之我還是有點不習慣。

「看過阿拉伯的勞倫斯嗎？」智敦突然像緬懷什麼似的發出微笑。

「阿拉伯？那是什麼。」我問。當然，智敦所拋出的難題我從來沒有一次聽過。

「一部老電影，主角最經典的台詞就是關於痛覺。」

「跳絕？」詩婕頭歪向一邊惹得智敦笑了，簡直是慈祥般的笑法。

「痛——覺，被打會痛的那個痛啦。」我圈起嘴形說。

「哦～聽懂了啦～」詩婕對我拌嘴。

「勞倫斯在沙漠裡用火焰燒自己的手掌，旁邊的人問他：不會痛嗎？他說：**只要不去在乎就不會痛了**。被打的時候，我在……在乎的是別的事情。」

「在乎什麼事？」詩婕天真的問。

「小詩，妳好笨吶。」用小拇指想也知道智敦在乎的是保護詩婕。

「你才笨咧！」詩婕反駁。

智敦搔了搔頭，有點不好意思的說：「那部電影有另一句我更喜歡的台詞，Nothing is written。」

「Nothing is written？」我和詩婕疑惑的試著唸了一下，詩婕的口音讓我們又笑了。

「沒有什麼是註定了的。」智敦說。「我想，很多事只要照自己的想法堅……堅持下去做，未來必然會有不同的改變，不是註……註定好的結果。」

「大敦，你真的是博學多聞呀。」我拍拍他的肩膀。

「那……不曉得我的信會不會送得到爸爸那邊。」詩婕突然有點感傷地說。

「什麼信？」我問。

「我爸爸很喜歡出海釣魚，媽媽在越南也是捕魚為生的，所以我想他們會適合的原因在魚吧，不然年紀差這麼多怎可能會結婚。」詩婕天真的說著。「爸爸幾年前，出海釣魚，遇到大風浪，好像因為心臟不好，死在船上了，我後來才知道的，媽媽跟我說，寫信給爸爸可以把寫好的信紙折成紙船，帶到河流旁去讓它流到海裡，這樣爸爸就會收到了，媽媽她說以前，家鄉都是這麼做的，我怎麼可能相信呢，但好像也沒其他方法了，就暫時這樣試吧，所以才不是紙船折不好，我紙船折得很漂亮。」

詩婕故意挖苦我。我頭低到不能再低了，有點想道歉，但怎麼都說不出口。

「沒關係啦，尼門是我唯一的朋友喔。」她拍拍我的肩。

「是你們。」我說。

「沒關係啦，都可以啦。」她笑著，像堅韌的小草，奇妙的口音聽著聽著也讓我莫名其妙的笑出來。我又開始覺得我們三人很奇怪，明明詩婕還欠智敦好多句謝謝，而我也還欠詩婕一句對不起，本來應該有些尷尬，但三人湊一塊時又彷彿一切都很自然。

「妳爸爸會收到的喔，印度有些地方傳說人……人死後，靈魂會活在一個到處都……都是水的地方，沒有天沒有地、只有水，他們相信人從哪裡來就往哪裡回去，指的就是我們人都是從母親體內的水而來，最終得要回去水裡，所以，聽說放水燈的習……習俗就是源自於印度。」智敦發表意見。

「都是水喔，那要怎麼呼吸呀？」詩婕搔了搔頭。

「就跟妳說人都死了還管什麼呼吸啊。」我白詩婕一眼隨即大笑，智敦也跟著笑了。

「你就只會欺負我啦！」詩婕羞紅了臉追著我打，智敦在一旁笑得更大聲了。

就在追逐的同時，傍晚的紅霞不知不覺降臨，我停下腳步，詩婕也停止了，智敦也站定一起眺望那奇蹟般的夕陽，全世界都染成了紅色，包括周圍正迎風搖擺的花花草草、遠方城市的剪影、圍牆、河流、道路，甚至附近跳過的貓，全部都變成絕對性的紅色調，像血一般的紅，久久望著的時候，覺得眼睛深處的神經好像被挑動似的微微發疼，令人倒吸一口氣的美景，在這個瞬間的我才真正離開了台北、離開了過去的生活、離開了爸爸，而對於眷村給我心裡的某些類似陽光般溫暖的撫慰更加認同。

「今晚，可能會有綠光。」智敦望著天空說。

「齁，大敦，你之前還跟我說你不曉得綠光的事情。」

「什麼綠光？我也要看！」詩婕雀躍得像一隻小鹿。

於是，晚上我們三人又湊在一塊，其實我並不想看見詩婕也能夠到這個屋頂上面來，比起她，我更想要單獨的跟智敦一起分享綠光出現的那一刻，而這樣的心情對我來說又有點矛盾，因為我想像就算詩婕換成涵妤也不一定完全正確，換句話說，在心中天秤的兩端竟然不是詩婕和涵妤，而是智敦和涵妤，不知不覺中我開始比較起他們兩個，不……不對呀，這兩個人是無法比較的，我有點慌張地收起這樣不安的想法，把它釘進去心底的櫃子裡，牢牢的釘著，轉過身，我努力想像涵好笑起來像裝在水晶盒裡的陶瓷娃娃完美無瑕的表情，然後甚至確認了一下全身因為想起涵好而有的震顫，好像是在說：『嘿，季娜依達，妳還在吧。』這樣費事的整理一下心情才爬上屋頂，背部還微微冒著汗。智敦和詩婕已經坐在老位置有一陣子，一邊聽著 Led Zeppelin 的 Ten years gone 一邊聊天，詩婕一樣習慣性像小孩漫天聊著瑣事，智敦一樣像慈祥的長輩給出關愛的眼神，他們甚至沒有叫我上去的跡象呀。

「喂喂，聊得很開心哦，幾乎都忘了我的存在了，好啦，我下去了，不吵你們了。」我故意這麼說。

「哪有，我正要下去叫尼呢。」

「三聲，你~啦，教這麼久了都還不會分。」

「尼管我、尼管我、尼管我~」

詩婕不斷在我耳邊大聲嚷嚷，我摀起耳朵。

「這給你吃。是小詩做的手卷喔。」

「正確來說是我媽做的，她通常都做好幾個用保鮮膜包起來，她很忙，所以這個就當我的晚餐。」

透明的餅皮可以看見裡面包的食材，有涼粉、九層塔和瘦肉，蘸了她帶來的特製酸辣醬料，咬下去有很特別的口感和味道，我從來沒有吃過這樣的食物。

「所以，這是道地的越南菜囉？」我問。

「應該是吧，我幾乎天天吃啊。」

「越南人應該很誠實吧，不然怎會把餅皮做成透明的，這樣包什麼都看見啦，小籠包和餡餅之類的也應該要學習一下，不然每次咬下去是什麼都不知道，對不對？」

「不知道。」詩婕說。

「我也不知道。」智敦說。

「也有大敦不知道的事情呀。」

「我不知道的事可多了。」智敦說。

「我也是。」詩婕舉手。

「妳當然是，因為妳什麼都不懂。」我說。然後又遭到詩婕的毒手。

我們三人吃完手卷然後坐在瓦片屋頂上進行沒有目的性的談話，微涼的秋天夜晚，沒有什麼風也沒有月亮，被城市光線濡染而呈現深紫色的雲朵慢慢移動著，好安靜，那些雲朵好像一個一個吸音棉，不斷吸取從四面八方而來的聲響，除了機場那邊的螺旋槳聲偶爾像海風般傳送過來之外，沒有其他聲音，就連平時常聽見的狗吠聲也沒有，世界好像屏息著等待一場經典戲劇。向遠方望去，魔法棒上的紅燈仍認真的一閃一滅，眷村街坊巷弄間的燈火安靜排列照亮歸家的路。我心底突然想對魔法棒祈禱，祈禱這眷村永遠都不要變，不過另一方面又懷疑，有什麼事物是永不消失的嗎？

「大敦，你為什麼知道今晚會有綠光，你以前曾經看過嗎？」

「在我爸爸出事前幾天看過一次。」智敦好像想起什麼似的將手掌放在半空中輕輕瞧了一會兒。「綠光，我不懂，你為什麼會在那個時候出……出現呢？」

「什麼意思？」我問。

「綠光是幸福的象徵，是指當天空一片澄淨，仔細看著太陽落入海平面那一瞬……瞬間，會射出一道極為美麗的淡綠光，在……在凡爾納的小說《綠光》裡面所寫的，那是任何畫家都無法調出的色彩，不可思……思議的綠光，無論自然界的任何植物還是世……世界上最清澈的湖水，都無法與之比擬，雖然美麗但是稍縱即逝，綠光非常非常罕見，所以有幸見到綠光的人就能夠看見幸福。」智敦嘆了口氣。「那天傍晚的天空跟今天一模一樣，晚上我爬到屋頂就發現綠光了。」

「所以綠光出現後，姨丈就出事了？」

智敦點點頭。「後來我讀了凡爾納的那本小說，感到非……非常的困惑，為什麼傳說跟現實不一樣，所以我不再爬上屋頂了，當然，也許眷村的綠光和他所寫的綠光兩者之間沒有什……什麼關係，我想我只是逃避不想面對吧，所以那天聽你說綠光的事我才會這麼回答。」

「這麼說來，我好像也一樣耶。」我說。

「你是說後來也發生不幸的事嗎？」詩婕問。

「也沒什麼啦，就……爸媽後來離婚囉，反正他們分開也是遲早的事情。」我故作輕鬆的說，可是心跳本能性的放快了，呼吸也有點顫抖。

詩婕用關愛的眼神看著我，讓我有點不好意思，然後我聽見從房間裡傳來不知名的長笛聲，輕輕柔柔的，還伴隨木吉他的演奏，我們靜靜聽著那流瀉出來的音樂。

「Stairway to heaven。」智敦說。

「那是什麼意思？」

「通往天堂的階梯，也是齊柏林飛船的歌曲。」

「真的會有那種階梯嗎？」

我望向漆黑的夜幕，靜靜聽著這音樂時，靈魂好像要被不知名的手抓走，同時也想，就讓它抓走吧，帶我走吧，我的全身沒有力氣，接下來到底要面對什麼，我毫無準備，只覺得好疲憊、好疲憊……

There's a lady who's sure all that glitters is gold
And she's buying a stairway to heaven.
When she gets there she knows, if the stores are all closed
With a word she can get what she came for.
Ooh,ooh, and she's buying a stairway to heaven.

詩婕站了起來。「老師說，負負得正，今天看見綠光的我們都一定會幸福的，一定會幸福的！因為我們三個人在一起啊，我什麼都不怕，全部都一起來啊，我什麼都不怕！」詩婕朝遠方大喊。

我和智敦互相看了一眼隨即大笑。「跟負負得正有什麼關係嘛。」

「我不管啦，就是有關係。」

「笨蛋。」我說。

「尼門才都是笨蛋。」詩婕說。

「我們三個人都是笨蛋。」智敦站起來難得的對空中大喊。

我也站了起來。「對！我們都是笨蛋，不過大人們更笨，這個世界比我們都要笨，簡直笨到臭水溝、笨到餿水桶裡面去了，全部都去跳火山啦！」

一道輕柔的風吹拂過來，我以為是飛機起降，可是沒有聽見螺旋槳的聲音，就像某個夜晚精靈從山脈深處嘟起嘴吹送過來的晚風，而綠光，就在那陣風之後慢慢從夜幕中破開流淌出來，十字星芒在遠方像優雅溫暖的記憶甦醒過來，輕柔伸展它的身軀，那光亮就像集合了世界上所有的溫柔海浪壓倒性的湧向我們，我們來不及也無處躲藏，像全身都赤裸一般而感到些微不安，那天晚上，我們都哭了，我們有默契的沒有特別互相看對方流淚，因為那會使我們尷尬，至於為什麼而哭，我想，那是一種幸福和不幸交雜在一起的感受，就在綠光消失之後，站在眷村屋頂上的我們都哭了。

時間緩緩地、沒有猶豫的過去了，冬雨漸盡，春鳥啁啾，我們都正被看不見的命運之手推移著長大，然而不是沒有發生什麼事，相反地，發生的事情還不算少，只是記憶在這些地方產生了斷層，現在我坐在王子運河旁的咖啡館戶外座位，阿姆斯特丹這座城市吹送過來帶點鹹味的風翻著咖啡桌上的智敦日記，發著楞，試圖努力回想然後整理記憶，說實在不算輕鬆，從開始到現在我已經回想太多物事，就像走在擁擠城市的人，小心翼翼一步步走過每個車流量如猛獸般的路口，汗流浹背、氣喘吁吁，想想我能活著走過真算是慶幸，詩人葉慈說過，我們的責任就從想像力開始，從開始想像與回憶時，我就已經背負沉重的責任了，也許寫作就是這麼回事吧。我偷偷俯瞰記憶的斷層，發現那來自於某些事物的真正消失，因為記憶伴隨著事物而生，事物消失後則產生了斷層，記憶也因此有了斷層，或許有幸哪一天再看見相同事物會記起，不幸的是再也沒有看見過了，但腦袋裡海馬迴的深處仍有些空曠的聲響，彷彿在告訴你：嘿，不能忘了我……不能忘了我。

回到學校後，叫作什麼「凱仔」的老大替詩婕出了口氣，聽說他爸媽在市場賣鹹酥雞，人脈頗廣，但對這個獨生子卻是疏於照料，出事的時候經常找道上的人幫凱仔，因此才造成他在學校幾乎是橫著走路。當天只要有欺負過詩婕的人全部都被叫進理化教室痛打一頓，聽說有人被潑水後全身再被灑了一整罐鉀片，幸好剛好有理化老師經過緊急處理，不然搞不好就出人命了。而我和智敦也在凱仔的庇蔭之下順利在學校存活下來，我們不太與人相爭，只要給我們一個小小位置沒人打擾、安然度過即可，凱仔的確滿喜歡詩婕的，還曾經託我送禮物給詩婕，不過後來也不了了之，畢業後就跟一個私立商職的女孩交往了，我想可能是我們三個眷村孩子的氣場太容易將別人隔絕在外吧。這段時間，我們三人只要有空就會聚首在秘密基地，也偶爾在榕樹下跟貓一起打盹，我跟詩婕一樣常常吵嘴，智敦總是在一旁溫柔的展現招牌笑容，不過相聚的次數減少許多，不知道是不是被學校同儕生活給漸漸取代，還是因為我們正不知不覺的長大，總之，我像一般同級的學生開始跑 KTV、打撞球、看MTV、去泡沫紅茶店、看電影、無照騎機車、辦Call機等等。智敦即將畢業的那年春天，他發覺眷村的貓叫聲變少了，以前春天時聽智敦說貓叫聲多到會讓人焦慮，說不知道是不是因為開始有一些工程機具停在眷村外面的關係，籠罩著不祥的氣氛，所以第六感很強的貓都先離開了。有些工程人員或是政府官員開始挨家挨戶拜訪送傳單，說是要改善眷村生活品質之類的，總之市政府要在眷村裡面做一些建設，必要時需要徵收這些國家擁有的土地，對於這些我倒沒什麼想法，但感覺智敦很反彈，經常給那些前來拜訪的官員吃閉門羹，有時候還會被姨丈罵，因為說如果不配合可能會得不到政府補助，分配不到地方住，姨丈一直強調是有電梯的嶄新大廈。

「我……我才不要住什麼電梯大廈，我要一直都待在眷村。」智敦總是這麼說。

「這是大人的事情，你給我少囉唆！」姨丈總是這麼回他。

秘密基地被摧毀的那天聽說是下著雨，我大概因為蹺課而還在泡沫紅茶店裡鬼混吧，詩婕也因為要參加美髮設計的全國技能競賽而常常不回眷村就住在同學家，智敦撐著雨傘親眼目睹那畫面，鐵板架好讓怪手大大方方從水溝上方開進去，把入口處挖開一個大洞，然後再往前挺進挖掉較高的土堆，好讓壓路機可以順利進來，怪手的工作結束後，壓路機就從外側開始繞著圈往內側行進，所到之處全部我們所擺設的木桌椅、白雛菊、鬼針草、含羞草、蚱蜢、瓢蟲、小白蝶等等，全部的全部都像熨斗經過一樣變成扁平的混合物，工程只持續了兩天，隔天我剛好有事要去眷村找智敦，看見秘密基地已經變成一大片黑壓壓的柏油，騎腳踏車經過的時候會聞到因為陽光照射發出的陣陣難聞瀝青味道，在那旁邊不知為什麼架起難看發燙的鐵皮屋，當我站在那塊毫無生氣的柏油地面前時，頭一次對人類感到恐懼，只不過幾天的時間，我們的秘密基地就好像從來沒有存在過一樣消失了，簡直就像沙灘上寫過的字。大水溝被土塊填平再灌進水泥，曾經差點將智敦淹沒的河道變成只有一步之寬，再過去的重劃區面積越來越大，已經吞掉農田的一大半，周圍的樹群或是竹林也都消失不曉得跑去哪裡，連被砍過的痕跡都沒有，重劃區就像癌細胞一樣迅速擴散開來。這陣子眷村開始有人搬家，不，不是開始，或許是一直都有人在搬離眷村，不曉得是不是機場的業務量漸漸縮減，螺旋槳的聲音也不那麼常聽見，平常就很安靜的眷村現在更添增了一股死寂感。

「記得我曾……曾跟你說過的嗎，關於一個地方會變成地獄，往往是人們想要將其變成天堂。」某天我要回去的時候，智敦在眷村巷口跟我說這句話。他最近總是悶悶不樂。

「知道啊。」

「現……現在，正是這樣的情況。」

「哎呀，你不要想這麼多嘛，簡單來想也只不過是搬個家而已，我以前在台北也常常搬家啊，你看，我還不是從台北搬回台中，人也好好的啊，沒事的啦，而且世界這麼大，我們可以再找另一個秘密基地呀，我知道學校附近有間紅茶店，在地下室很隱秘也很安靜，裡面常常放很多你愛聽的歌喔，也有很多書，改天我帶你去看看。」我拍拍他的肩。

他突然狠狠的瞪我一眼，那樣的眼神到現在我都很難忘，智敦從來也沒有給過我這樣的眼神，那是不被了解被深深受傷的眼神，我心頭不禁一顫。

「小祐，你……你真是什麼都不了解，我真希……希望有你一半的樂天。」

「對啦，你什麼都最懂啦，我就簡直就像狗大便一樣笨，再見！」我心情大受打擊，騎著腳踏車憤憤離開，那是我第一次對智敦生氣，接著我們有一陣子沒有聯絡，一直到智敦畢業，其實我還挺後悔那天自己對他所說的話，不過後悔的事實在太多了，看過一句話是這麼寫的：**青春就是擠滿後悔的歌舞派對**，我並不想認同，可是現在想想好像也是這麼一回事。

這段時間還有發生幾件特別的事，某天吃過晚飯後我接到涵妤的電話，分開後我們只有過一次信件來往，後來再寄的時候就被退件，我想大概是因為她出國了吧，所以只能靜待她的回音，不過這一等就等了將近一年。Bonjour！她一開頭這麼說，我則是緊張的連電話筒都快拿不穩。

「我現在在巴黎打電話給你喲。」涵妤用雀躍的語氣說著。

「哇，巴黎，那這樣電話費不是很貴嗎？」

「不用擔心，我是用我爸公司的線路，愛打多久就多久，而且你也不用擔心會付到錢喔。」

「哦，這樣呀。」我把話筒從左邊換到右邊夾著。

「對呀，而且現在這裡是白天，雖然陽光很強，但實際上溫度只有6度，我還穿著厚毛大衣呢，台灣現在應該是晚上吧。」

「對呀，我剛吃完晚餐。」

我在無風的台中夜晚想像晴空下在巴黎街道吹拂過來冰涼的風，以及涵妤大衣衣襬飄動的模樣。

「抱歉，由於事出突然，所以沒有早點跟你說，後來你還有寄信嗎？」

「有寄，不過妳不用太在意啦，被退回後我就大概猜得出來妳是出國了。」

「好可惜，我想要看，到時候你可以寄給我呀，我先寄幾張不錯的明信片給你，你再按照上面的住址回寄，你想要什麼樣的明信片呢？艾菲爾鐵塔？聖母院？還是巴黎傷兵院？」

「只要妳寄的都好，都可以呀。」那些是什麼地方？

「嘿，你最近過得不好嗎？聲音聽起來十分憔悴喔。」

「沒有呀，聽到妳的聲音我很開心。」我的心怦然跳動。

「真的嗎？想我嗎？」涵妤笑彎了眼，我想像著。

「我……」我結巴說不出口。

涵好興奮的繼續說下去。「嘿，你有機會一定要到巴黎來走走，來到這裡我每天都會去塞納河畔散步，一直走一直走，然後到杜樂麗花園的噴水池廣場發呆一整天看看書，晚上再走去香榭麗舍大道看燈景，哎呀，活在巴黎的人真幸福呀。」

「聽起來很棒的感覺。」我說。

「嘿，學校生活如何？要升上國三了吧。」

「對，要升國三了。」我點點頭，順便又把話筒夾到右邊。

「我去挑染頭髮，還燙了一下喔，在這裡同齡的女孩都好成熟好會打扮，我來這邊感覺就像從鄉村來到都市的驢子一樣，好丟臉。」

「怎麼會，妳這麼漂亮。」我說的是實話。

「你嘴巴真甜，改天再寄照片給你看看。」她說。

「好。」

「嘿，跟你說喔，從小時候開始學的英文在巴黎真難派上用場，所以爸爸又讓我去讀法語的語言學校，我認識了好多人喔，有來自日本、莫斯科、約旦、土耳其、瑞典等等，不過這裡最多的還是南韓人喲，真是奇怪，而且他們特別團結，很難能夠打進他們的生活圈，台灣人超級少，所以要說中文的機會都不多，而且跟你說喔，南韓人的母語發音沒有P，所以說起法語真的是很好笑呀。」大概是因為難得說中文，所以涵妤幾乎是卯起勁來講，可是我卻聽得吃力，完全不了解涵妤所提及的事物，對我來說實在是太遙遠了，這之間包括涵妤令人沉醉的聲音，也變得撲朔迷離，我頭一次面對涵妤時感覺到寂寞，甚至有點自暴自棄的感覺。

「真的嗎，感覺妳的生活真是多采多姿呢。」

「還好啦，你呢，有沒有長高變帥呀？」

「可能還可以長高啦，帥的話就見仁見智了。」

「我倒覺得你外表還不錯呀，至少乾淨讓人覺得舒服，再長大一點就更受女孩歡迎了，到時候我想你可能都不會理我了。」

「怎麼可能呢。」我說，腦袋一陣暈眩。「妳什麼時候會回台灣呢？」

「還不確定，在巴黎只是暫時待著，等爸爸美國的公司事情處理好以後，我們整家人就遷移過去，知道芝加哥嗎？」

「公牛隊。」我說。

涵妤笑聲像清脆的鈴鐺。「對啊，我也只知道這個，總之，聽說是個夏天很熱、冬天很冷、常常刮起風的城市，唉，我真不想離開巴黎，能永遠住在這裡就好了。」

「感覺妳挺適合那邊的。」我說，除了這個其實我也不知道該說些什麼，巴黎、芝加哥什麼的我完全無法給予任何意見。

「好吧，我該離開去吃Brunch了，對了，你家的住址再抄給我一次好嗎？」

我說出地址給涵妤，能聽見她用鉛筆寫下的聲音，然後各自道別掛斷電話，晴朗巴黎頓時回到安靜不起眼的客廳，媽媽今晚加班，餐桌放著用保鮮膜包住的冷飯菜，只要微波一下就可以吃，可是我一點胃口也沒有，涵妤這通電話好像吸光了我全身所有力氣般，心空空的，我癱軟在沙發上閉起眼感到昏昏沉沉，我想起季娜依達，那是屠格涅夫的初戀，那他曾經也有相同感受嗎，像我現在這樣如流沙般的往下沉，我有點掌握不住到底什麼是喜歡，什麼又是愛，還是那只是不存在彼此之間的幻想，我寄託了自己的幻想在她身上，**我愛戀的是自己要命的幻想**，無風的夜晚配合軟弱的燈光入侵身體，我向右躺下，盡量使用讓自己舒服的姿勢，放出只能自己聽見的微弱呼吸聲蜷縮起來，等待……等待有人來到我身邊，什麼人都好，我想要一個有溫度的擁抱，可是，那裡什麼人也沒有。

智敦畢業典禮那天，詩婕也剛好拿到美髮技能競賽的第三名，聽說因為這樣出色的成績可以免試入學，換句話說就是有公立商職可以念了，還在擔心學費問題的詩婕因此鬆了口氣，她第一通電話就先打給我報喜，我剛參加完智敦的畢業典禮，並不是為了和好而去參加，我和智敦沒有這個問題，只是因為姨丈、阿姨都不在，所以我用半個月的零用錢買了一支高級鋼筆去送給智敦，畢竟畢業典禮沒有人來慶祝的話我想不是個好兆頭，智敦很珍惜的收下，他和我輕輕的擁抱，感覺是那種從來沒有抱過人而肢體不協調的擁抱，不過我很高興我們仍是一輩子的朋友，而智敦一聽到競賽的好消息簡直比詩婕還要興奮，他的興奮從來都不容易溢出來，但能感受到他是真心為詩婕感到高興，簡直就像自己的小孩考上了好學校那樣，他回來書包隨便一放就急著跑去買禮物要送給詩婕，當然我也跟著去了，他貼心的買了一個美髮剪刀包，皮革在燈光下閃爍著有品味的光，這種東西並不好找，誰能想到在那個時候就讀國中的學生們會去買剪刀包，總之他還是很有辦法，小巷子裡的店我從來也沒想鑽進去過，智敦總是對一些小地方有敏銳的觀察力。

「阿敦，謝謝尼，這真的很漂亮。」詩婕在大榕樹下拆開包裝紙，智敦欣慰的笑了。

蟬鳴如海浪，球場上的籃球架不曉得什麼時候被搬走了，球場變成了停車場後感覺更擁擠更熱，暑氣翻騰，我雙手支著後腦勺向上呼吸榕樹所灑下來的涼蔭，從葉間穿透的光刺痛我的眼，我和榕樹對望，突然感到哀傷，他孤零零的站在這裡好久好久，只為了給人們涼爽，可是人們將來會怎麼對他，我無法想像，我開始思考著智敦的想法，關於人們想創造天堂，但是卻變成地獄……天堂與地獄。

「喂，小祐，尼的禮物咧。」詩婕打斷我的思緒。

「我？」

「尼怎麼沒有準備我的禮物呢？」

「妳還真敢說呀，我今天才知道這件事呀，貪心的傢伙。」我反駁。

「哼，就算早幾天知道了，尼也不會買啦。」詩婕嘀咕著。

「猜得沒錯，我才不會浪費錢咧。」

詩婕對我吐著舌頭扮鬼臉。仔細看著她時，覺得她眼珠子的顏色隨著長大而變淡，臉的輪廓也變得立體，身高雖然沒有什麼改變，但胸部隆起的特徵很明顯，氣質也完全不同，那使我心臟發出一些聲音，女孩子的變化是造物主的奇蹟，相較活生生站在面前的詩婕，涵妤變得越來越遠。

「喏，這是我送給尼門的。」詩婕從背袋裡拿出三塊手掌大小的扁平石頭，摸起來有點粗糙而且顏色都不一樣，有灰黑色、墨綠色還有鵝黃色，形狀都像是米粒，周圍都有些皺褶，看起來也混有白色大理石在裡面，有幾條像細雲般的紋路，是一般在河川旁很容易看見的石頭，並沒有什麼特別，唯一相同的是三塊的表面都很平坦，而且形狀很相似。

「石頭?這是做什麼用的?」智敦一臉很有興趣的表情。

「防身用的啊，我們不是常常被打嗎。」我大笑。

「才不是咧，我用這個石頭把尼砸爛。」詩婕大喊。

「這是紀念用的。」她補充。

「要紀念什麼?」我問。

「紀念我們一起看過綠光啊，很難得吧。」

「哦。」

「接下來，我們應該會很少見面吧，阿敦畢業了，離我們最近的高中職都很遠，笨蛋祐也不曉得會考到哪個學校去，搞不好是海邊啊、山上啊的學校了，一副嫌麻煩的樣子開始辦理住宿或是長途通車了。」她用調侃的眼光看了我一眼。

「有公立學校念就臭屁起來了喔，真是了不起。」我真的想用石頭砸死她。

「所以，這……這要怎麼紀念？」智敦認真的問。

「我爸爸小時候曾經告訴過我女媧補天的故事，阿敦尼知道嗎？」

智敦很快的點點頭。「遠古時代的神話，水神共工與火神祝融不和經常交……交戰。」

「這我知道！」我舉手。「是不是祝融打贏了共工，後來共工去撞什麼什麼山的，天就塌了下來。」

「是的，不周山。」智敦又勾起慈祥的笑容。「天後來就塌陷了，天之河灌注人間，地面也不能再承載萬物，大災……災害於是開始，人們活在水深火熱之中。

女媧不忍心看人民受災害，於是提煉……煉五色石補好天空，還除掉引起洪水的黑龍，斬……斬掉大鱉的腳來支撐天空，最後災害終於弭平了。」

詩婕和我都不禁想要對智敦鼓掌。

「尼好厲害呀，我只知道五色石補天。」

「我只知道天塌下來了。」

語畢，我們三個人大笑。

「中國神話有些地方還滿有趣的，傳說女媧用了三萬六千五百零一塊石頭來煉……煉五色石，但有一塊石頭因為躲藏起來所以沒被用到，那塊石頭後來被扔……扔到青埂峰，吸收日月精華超過兩千多年，變成一塊奇石，一個法力高強的僧……僧侶路過發現它，在那上面刻了『通靈寶玉』，後來，又……又過了很多很多年，有個賈姓貴族經過看見這塊奇石，回去後就生了一個男孩，嘴……嘴巴裡還含著一塊玉，所以……」

「賈寶玉！」我和詩婕不約而同的說出口。

「沒錯，這就是後來紅樓夢第一回就引用的故事。」智敦說。

「既然這樣，那我要改變心意了。」詩婕說。

「怎麼？」

「我也要刻字在石頭上。」她說。

「啊不然妳本來想要怎麼做？」

「沒想怎麼做呀，因為這是我爸爸收集的石頭其中三個，由於形狀都相似，而且顏色剛剛好都不一樣，想拿來送給尼門，想說或許可以把石頭埋在哪邊，過幾年再一起挖開來看，這樣不是滿有趣的嗎？」

「哪會，刻字有趣多了吧。」我說。

「奇怪耶尼，很喜歡跟我作對。」

我突然想到什麼拍了一下手掌。「啊！不然這樣好了，我們將石頭的一面刻自己的名字，另一面刻自己心裡的秘密，要真正的秘密喔，就算是天崩地裂、世界末日都不可以給任何人知道的秘密，刻完再埋，不要挖出來，這樣好不好？」

「好像國王的驢子耳朵的童話故事。」智敦說。

「沒錯！就是那個。」我說。

「尼門說的是那個在地上挖一個洞，把國王的耳朵是驢耳朵的秘密朝那個洞喊，最後還長出什麼樹之類的故事嗎？」

「對啊，有人把樹砍下來做成笛子，吹著會發出『國王是驢子耳朵』的聲音。」我說。

「不行啦，現實生活哪有可能會這樣，我會很好奇，很想要知道尼門的秘密耶，要挖出來公開啦，尤其是小祐，我覺得他的小秘密超多，一顆石頭都刻不完吧。」

「哪有！而且挖開來就不算秘密了。」我嚴厲的說。

「不然，訂個時間吧，十年應……應該夠了吧。」智敦說。「每件事物都有保存……存期限啊，過了以後或許就不算是秘密了。」

「秘密也有保存期限嗎？」

「蔬菜、豬肉、減肥藥和可口可樂都有，秘……秘密也當然有，我是這麼想的。」智敦說。

那……愛情呢？我無法說出口，這問題在我心中變成秘密，或許哪一天就會過期了。

「好！」我敲響手指。「那就一言為定了，十年，Ten years gone！」

我們最後決定將石頭埋在大榕樹旁的地下，因為智敦說就算眷村如果有一天消失，這麼老的榕樹應該不至於會被砍掉，整地應該也不會挖到樹旁，所以這是合理的點，說到消失時智敦閃過一絲落寞。

各自回家後我開始思考著要刻什麼秘密，想著想著，秘密漸漸變成了願望，願望有時候又退回了秘密，兩者的分界線模糊不清，國王有個驢子耳朵是秘密，願望就是變回正常耳朵，可是現實生活中沒有魔法，國王最後坦然面對秘密將帽子脫下才能解決問題，這不是一種程度的願望成真嗎？失手殺人是秘密，願望就是希望對方能復生，可是人死不能復生，最後還是得坦然面對秘密，接受法理上或者是良心上的譴責，那喜歡一個無法喜歡的人呢？是秘密還是願望？我不斷探尋自己的內心，甚至有點後悔為什麼要下這道題目，但是在不斷打開心扉的過程當中，我找到一個模模糊糊的答案，但也是一個確實存在的答案，甚至對自己來說有可能是人生中的一個問題，總之我決定了，既然能公開的就不是秘密，那就將它變成就算公開也還是秘密吧，我把石頭翻面，慢慢的刻了字，暗自祈禱，這三顆石頭都能夠變成五色石，補滿我們心中天空的破洞。

05

我們費了很多功夫挖開洞細心的埋好，智敦用了簡直像是在考什麼國家級考試的態度在處理這三顆石頭，埋好後再砌一塊紅磚在地面當作標示，真是個聰明的傢伙，聰明的傢伙後來考上不錯的高中，但也因為課業相當繁重而常常見不到他，一年後，我勉強而且幸運的考進偏遠沒人要去的公立工業職校，展開住校渾渾噩噩的生活，詩婕在早已經決定好的商職上學，而她已經算是可以用亭亭玉立來形容的美少女學校裡的美少女，聽說經常有一些菁英學校裡的菁英男生去學校門口等她，但也聽說她總是不感興趣而經常獨來獨往，總之，我們三個相聚的時間又變得更少了，大概只有週末或假日才會偶爾在一起吃個飯就匆匆分開，現在回過頭來看感覺時間雖然像是從手中慌忙逃走似的，但在當時我並不感覺到時間流得很快，反而是急著長大，天天在想滿18歲以後可以幹嘛，可以考駕照大方騎車、可以去深夜場所、可以大方租A片、可以獨自一人去住旅館等等，長大總是太慢，老得卻太快，**這樣美好且帶著期待的慢卻又常常是人生中的遺憾。**

然而一直到即將接近18歲的時候，我才驚覺涵妤已經無消無息將近兩年，說要寄的明信片和照片從來沒有收過，電話也從來沒再接過，她彷彿已經遠遠離開我的生活，我的心房裡也找不到季娜依達，只有空空的像是靈魂回音似的聲響，有時候還是會難過，但更多時候我發覺心深處的某塊地方在迅速風化，而且可怕的是我不曉得消失的是什麼，我跟一個女孩開始交往，我們是在撞球場認識的，她主動過來找我談話，也非常主動約我出去，她長得非常漂亮，我都不曉得她到底喜歡我什麼，一雙大眼睛像裝滿巧克力果凍的池子，習慣性綁馬尾，皮膚白得就好像從嬰孩時就停止長大那樣，笑的時候用手輕輕遮住嘴唇，說話聲音像在春天的池塘邊吹長笛，簡直有點背離現實的那種漂亮女孩，校慶的時候她走在我身邊，壓倒性的融化了我那些同學們，他們瘋狂羨慕我，但是，每當一個人獨處時我知道我並不喜歡她，與其說是因為喜歡而交往，倒不如說是因為虛榮心而交往，而且做愛、接吻時也沒有特別心動，只感覺在做什麼奇怪姿勢的運動，為什麼會這個樣子呢？有時甚至會覺得自己是不是精神方面有問題，我們的關係一直勉強維持到後來看見她跟另一個又高又帥的男孩牽手逛街後結束，一點也不傷心，相較之下當初跟智敦吵架或是跟涵好講那通電話還更難受，戀愛跟想像中其實差別很大，經過這次我以為成長很多，但後來我發現，每一次的戀愛都會這樣以為，原來，**戀愛和成長是相對論，不是絕對論。**

職棒因為簽賭案而元氣大傷，號稱國球的國民運動從此一落千丈。第一次民選總統，基隆外海吃了兩顆飛彈，美國航空母艦進入台灣海峽。香港歸還中國，首度出現一國兩制的奇怪體制。某縣的縣長與官員共八個人在官邸被槍殺，綁票案不斷，白曉燕命案震驚全球……花花綠綠的新聞不斷強力播送，感覺到這世界的矛盾和衝突不斷增加，消逝的人事物也等比例攀爬，只有時間公平地、規則地、冷漠地、無變化地走著，然而由於科技媒體的進步，本可以自外於這個世界的單獨個體，卻被一張無形的大手緊緊包圍住，這世界變得如此擁擠而且喘不過氣，**我們有更高的科技，卻沒有更高的道德良心也沒有更多的時間。**

姨丈因為犯下擄人勒索案再度入獄，晚間新聞報導上面標題寫著：**『領有水電職照的優良勞工出獄後再度犯案，累犯刑期加重至十二年以上。』**當時智敦正在準備大學聯考，而我正咬著麥當勞的漢堡看電視新聞，那標題和姨丈的照片讓我幾乎從沙發上彈跳起來，我關掉電視，將可樂再吸一大口然後匆忙披上外套下樓，暗夜裡騎腳踏車趕過去貿易九村，當我轉進機場那邊的小路時更讓我嚇了一大跳，兩側原本是綠油油的稻田，現在已經大部分被鋪上柏油蓋起一幢幢無生命的鐵皮屋，有的是被改為戶外停車場，有的是洗車廠，還有汽車修護中心，『**新開幕，普利斯通輪胎八折起**』紅布條掛在門口隨風飄揚，原本可以望出去看見機場跑道和夕陽的小路，現在完全被道路旁的建物遮住，道路被拓寬（現在兩輛車交會都還綽綽有餘），水溝被水泥填死，沒有聽見螺旋槳聲，原本流動的風吹過就有稻香飄過，現在被瀝青、輪胎、鐵鏽、機油味給取代，在這裡我放慢速度騎，甚至懷疑這條路真的通往眷村嗎？我感到呼吸困難，肺有點吸不到氧氣，這個時候我終於可以體會智敦所說的話，天堂和地獄，這些為營利的廠房在老闆們眼中是天堂，在智敦眼中則是不折不扣的地獄。當我在屋頂上找到智敦時，他則是深陷自己心中的地獄，家裡一盞燈都沒亮，門不知道為什麼也沒鎖，媽媽和阿姨應該都一起去處理那件事了吧，眷村今晚的天空比過去都還要漆黑，看不到任何星星，遠方雲層像是閃電一般亮出間歇性的閃光，空氣中帶著微弱的溼潤感，偶爾還可以聽見好像從另一個世界的入口傳來的雷聲，充滿了一股末日般的氛圍，沒有音樂，他點了一支菸也沒有抽，煙霧從他指間往上冒，菸灰拉得好長好長，看到那頹靡喪志的身影，我簡直不敢相信他就是智敦，心臟間歇性的抽痛，有股氣團卡在我的喉嚨，我深吸一口氣輕聲走向他，慢慢的將他手上的菸拿走，他沒有反抗也沒有驚訝，簡直像一個心碎的雕像那樣動也不動，我把菸拿起來抽了一口，那是我這輩子的第一口菸，充滿了濃濃哀愁，我咳了一聲。

「菸，原來這麼難抽。」智敦無神望著遠方說。

「嗯。」我站在身後，將手放在他的肩上，身體出乎意料的冰涼，感覺是在屋頂上吹風許久。「大敦，你還好吧？」

「好？什麼是好？什麼又是壞？」他說話的方式跟以往不同，沒有結巴也沒有抑揚頓挫，說出來的每個字句都好像蒼老許多。聽他說話時，我幾乎就要掉眼淚了。

「小祐，好久不見。沒想到一見面就是這個樣子，對不起。」

我搖搖頭，可是一句話都說不出口。

「沒有跟小詩講這件事吧。」
「還沒來得及說。」
「嗯，那就好。」他嘆了口長長的氣。「我怕會打擾到她。」
「與其關心詩婕會不會被打擾，你先擔心自己吧。」聽他說這些令我大為光火，就算是在意、喜歡詩婕，也不用到這種程度吧。
「喂，小祐，你覺得我，我說，這個叫作張智敦的人，到底是什麼？」
「你在說什麼呀。」
「就是我說的什麼呀，拜託，我沒有求過你，可以請你回答我嗎？我，張智敦，到底是什麼。」
「你這樣忽然問我，我也挺困擾的，其實，我這個叫作夏祐生的人到底又是什麼，我也不知道啊。」
「就按照你的直覺說說吧。」
「唉……」我嘆了口氣。
落雷聲越來越多，也出現好幾次很明顯的閃電，每次白光一閃，我們的身影就被映照在瓦片上，我擔心待會可能下雨，所以決定還是不要刺激智敦，順著他的談話路線走下去好了，不然一直僵在這裡也不是辦法。

「好吧，如果把我感覺到的直接說出來，你，張智敦，在血緣關係上是我的表哥，這點可以在家族譜裡面做個確認，但，在實際上，你，張智敦，是我最能夠信賴的朋友，雖然我的頭腦沒有你靈光，沒辦法說出什麼太偉大的話來，但是，我的感覺至少是不會錯的，雖然有時候覺得你固執到令我生氣，有些地方硬梆梆的根本無法讓人輕易進入，但聽你說話會讓人有一種回到溫暖的家的感覺，跟你一起計劃任何事情也不必擔心，因為你一定會想出絕對沒問題的方法，而且實實在在的做完計劃，張智敦就是這麼樣的一個人。」說出這些話我自己都難以置信，簡直就像水龍頭轉開一樣。

智敦想了一下。「小祐。」

「怎麼？」

「我很高興你這麼說喔，非常感激，謝謝你，可是……」

「可是什麼？」

「我以前，是個曾經對任何事物都充滿期待的人，不知道什麼時候開始，大概是失望的上升線跟期待的下降線交叉的時候吧，我變成空空的人，很空很空，像沙漠一樣的空，於是我開始大量地閱讀小說，大量地聽音樂和看電影，我以為可以，但是卻都無法填補那空洞。」

「空洞，那……詩婕呢？她也沒辦法填補嗎？」我小心的問。突然有一種不想聽他說出真實答案的心情。

「小祐，我很高興有你這個表弟喔，真的，我以你為榮，也很高興能夠認識小詩，很高興我們三個人可以這麼好，可是，這個跟那個並沒有太大關係喔，而且小詩她……」智敦好像想到什麼欲言又止。

「小詩她怎麼了？」

智敦搖搖頭沒有回答。

突然間，撕裂空氣般的雷鳴像瀑布般從天而降，我們頓時被震懾住幾秒鐘，這樣的聲響幾乎讓瓦片有了輕微的顫動。

「我爸回來的時候，我其實曾經點燃了心底的期待，很奇怪，因為我跟他不算太熟悉，也沒什麼話好講的，可是，期待是有的喔，並不是期待他能夠為這個家做些什麼，而是……怎麼說，就像缺了一隻腳的桌子，現在腳回來了，終於可以站穩了，實際上有沒有站穩我不知道，可是心底就有這種感覺，我們這個家終於有起步性的完整了。」

「所以，那個空洞跟姨丈有很大的關係。」

「我也不知道，或許是、或許不是，不過現在也都不重要了。」

「接下來，你打算怎麼辦？」

智敦雙手搗著額頭，捏了捏太陽穴，很疲倦的嘆了氣。「接下來……可不可以讓我獨處一下，我想要自己一個人想些事情。」

「在這個屋頂上？」我說。

「對。」

我拗不過智敦，他是一旦決定了就完全不會改變的人。我走進智敦的房間，坐在他的單人床上發呆，智敦現在這個狀況我想我還不能夠回去，但是突然有點睏，跟智敦談完話後力氣好像都被吸走似的，我側躺下來閉目養神，沒想到一下就進入夢鄉。我作了個夢，那是個雨大的夢，全身徹底的被淋透，我雙手交臂瑟縮著發抖，放眼望去，四周圍都是雨線所交織出來的網，我被這張大網所籠罩，既不能前進也不曉得該往哪裡去，後來前方出現一個身影，慢慢的靠近我，越來越近，但我還是看不清楚這個人是誰，我期待著的，是涵好嗎？但感覺又好像是智敦，那身影就像抽象派的畫，你可以想像那是誰，又不能想像那是誰，或許只是個概念性的東西，但這個概念卻伸出手貼在我的左臉頰，很溫暖的手，全身都冷透了只有這張手掌存在溫度，我像是飢餓很久的人抓到一條麵包那樣緊緊抓著那手掌，感受他傳過來的溫柔，心中隨即湧起無比巨大的悲哀，在就要快哭的時候我醒了過來，詩婕，她抓著我的手，在昏暗房間裡用柔弱的眼神望著我。

「妳……妳怎麼會在這裡？」我吃驚的把手放開。

「我看到新聞，眷村裡也都在傳這件事，是我媽媽跟我說的，所以我忙完事情過來看看，門沒鎖我就自己進來了，看尼睡得滿頭大汗而且一直皺眉，是不是做惡夢了？」

「智敦呢？妳沒看到嗎？」我問。她搖搖頭。

一回過神，我才聽見窗外的雨聲，心頭一驚趕緊將木造窗打開來看，閃電隨即在空中閃過白光，一道雷鳴就跟著後面下來震得窗戶發出喀噠喀噠的聲音，窗外的雨簡直就像剛剛的夢一樣，以不給人喘氣機會的方式籠罩著，帶著青苔味道的風不斷吹拂進來。

「糟糕！」我趕緊起身前往陽台，通往屋頂的小門被風吹關起來，本來就因為變形所以不太好開，我邊想要弄開門一邊心急如焚的說：「妳為什麼不早點叫我起來，大敦一直在屋頂上呀！」

「我怎麼會知道他在屋頂！」詩婕有點受傷的說。

我用力把小鋁門撞開，這時也顧不得那門會不會壞掉，我看見智敦仍然以原姿勢動也不動的坐在瓦片上，雨水激烈的猛下，每顆雨滴都像豆粒般大，打在皮膚上甚至感覺有燒灼的痛，遠處的雷鳴閃電以不同形狀、不同時間隨性閃現轟響，唯一在巷口看見的路燈照亮他的左半身，不用說他全身已經完全被雨水染透，風吹得他有些左搖右晃，站在他身後的我突然說不出話來，我的心有股被拉扯撕裂的感覺，為什麼，為什麼這麼好的人要遭遇這種事情，世界上壞蛋這麼多，為什麼不讓他們遭遇呢？我爬上屋頂，詩婕抓著我示意我不要上去，我擺脫她走向智敦，就像跳進海裡一樣，雨水很快就跟我融為一體，嘴唇不斷舔到雨水的味道，眼睛都快要睜不開，我在智敦身邊坐下來，伸出手圍繞他將他抱住。

「小祐，嘿，小祐，我什麼都沒有了喔，什麼都沒有了。」智敦的眼神空洞，在我的懷中冷得有點顫抖。

「你還有我，你還有我啊。」我哽咽的說。我一直都不是個體貼的人，甚至可以說是自私，可是在那個當下我好想要替智敦承擔痛楚，看著他的痛，我的痛竟然也越來越深、越來越重。

「尼門不要這樣好不好，拜託尼門快點下來。」詩婕在門邊大喊。

「小詩！」智敦好像觸電似轉身看過去。

「阿敦尼不要這樣，尼門快點下來，雨很大，下來再說啦，快點。」

智敦聽到詩婕的聲音後就像被按了開關一樣，抽抽答答的哭了起來，詩婕總是有辦法讓智敦的心情產生決定性的影響，我將他扶進陽台，詩婕去廁所拿了毛巾，我們盡量把身體擦乾，三人各自坐在陽台的角落暫時一句話都說不出口，我托著腮望向外頭，詩婕眼神有時放在我身上有時看了看自己的鞋子，智敦則是將大部分心思都放在詩婕，這很容易感覺得出來，過了一陣子，雷鳴的次數漸減，雨雲似乎往海的方向移動過去，剩下的只有風在雨走了之後吹乾大地，我看詩婕一眼，她也剛好跟我對望，我避開她的眼神朝向智敦，智敦也跟我對望了幾秒，然後他再把眼神投向詩婕，在這次之前，我們已經將近快一年沒有聚在一起，現在好像在互相確認彼此，

「幹嘛。」我對詩婕說。「幹嘛一直看我？」

「誰想看尼啊。拜託。」

「是妳啦，妳說話還是一樣耶，到底有沒有長大啊。」

包著毛巾的智敦笑了。「嘿，謝謝你們。」

「謝什麼，笨蛋！」我和詩婕異口同聲的說。剎那間，我們雖然都笑了，但是，同時對於智敦所發生的事，以及，我們三人之間某種流逝掉而且無法抓緊的事物，感到微小的不知所措，我們都長大了，而且是無法回頭的那種，當然，青春原本就是無法回頭的，但當我們意識到的時候，已經是很久很久以後。

智敦沒有去考聯考，而且就在那天之後，他開始持續而週期的跑步，繞著整個眷村外圍跑，每天早上五點起床就開始跑，中午休息，下午又開始跑到晚上，簡直就像電影《阿甘正傳》一樣，不過後面並沒有人跟隨，也沒有新聞記者採訪，他就是默默的、孤單的跑著，起初阿姨和媽媽都很擔心他，可是發覺他其實也沒有什麼異樣，畢竟慢跑對身體也好，所以不打算再去限制他，有時候我會去陪他跑一段，但因為太累而沒有持續下去，我也將要參加聯考沒有太多時間，問他為什麼要這樣跑步，他也回答不出所以然，就只是想跑而已他說，他話原本就少，現在更像是縮到森林深處洞穴的小動物，好像自己把這個世界隔離出去一樣，我知道他心裡有一定程度的變化，一直到智敦跑了半年後參加馬拉松比賽得名，被彰化師大的體育學院徵招，我才稍微放心了些。

後來聯考結束，我考上台北的學校，並不是好學校，相較之下分數能夠進入台中排名比較前面一點的學校，但我一直想要離開這裡，獨立到哪裡去都好，想出去外面想一想，於是選填了那所學校，一方面也是逃避吧。而且非常巧的是那間學校靠近小時候台北住處，有時候想知道父親現在過得怎樣了，但提不起勇氣去找，母親不曉得為什麼也告誡我不要去打擾到父親，台北也改變很大，一幢幢蓋起的大樓遮住人們往天空看的視線，記得小時候在中和要去上學時還會經過一片竹林地，那條路線還被稱為竹林路隊，上次去看的時候已經變成大型保齡球館和停車場，我總是想不透，有生命的地方被有生命的人類深植後，卻變成無生命的地方，這當中是不是有什麼誤會呢？還是我想太多了。而詩婕則打算考夜校，因為她的家裡經濟環境不允許供應她讀書，所以她決定半工半讀，現在在服飾店裡打工，這次我們三人真的分開得很徹底，而我說真的還有點捨不得離開智敦和眷村，至於說到眷村，這幾年的工程只做到外圍就停止了，也算是不幸中的大幸，雖然眷村的外圍已經被弄得滿目瘡痍，聽說機場的國內線由於業務大幅縮減所以已經停飛相當多的班次，更有謠傳將來等高速鐵路建好以後，整座機場就要被拆掉建設成科學園區，機場和貿易九村同為政府單位所有，當然也會一併拆除，不管謠傳是真是假，在眷村裡的確已經聽不見螺旋槳聲，就算有，也會被村外圍的建築物擋住，站在村內道路間感受不到流動的風，總是有一股生命急遽流逝的失落感，眼看著一切都好像在改變，但卻又無力阻止，無力阻止的還有我們即將各奔東西。

「為什麼特別要請我吃飯？」我問詩婕。在我要上台北之前，她特別找了一間價格不菲的餐廳說是要替我餞行。

「沒有為什麼啊，因為每次……每次我們總是三個人在一起，沒有單獨聊聊過。」

她今天似乎有特別打扮過，配戴細白像銀月的髮箍，眼神不像一般美女帶著俐落，詩婕給人有種圓潤感，像是躺在花蓮秀姑巒溪旁光滑圓潤的鵝卵，瀏海蓋住一半，露出麥芽色的額頭，有肉但卻小巧的鼻子下有豐厚的唇，在那表面閃現著油亮的粉紅色，還有……令我想起那年的初吻，雖然很模糊了。

「喔，妳想聊些什麼？」

「沒有啊，就隨便聊聊，畢竟尼要去台北了呀，嘿，台北感覺如何呢？我聽說有很多好玩的地方耶。」

「以前是覺得還不錯啦，不過現在倒也覺得還好，其實到哪裡都一樣吧，有好玩也有不好玩的。」

詩婕笑了一下。「嘿，尼這樣有回答跟沒回答還不是一樣。」她又起了一塊牛肉丸往嘴裡送。

「還記得我以前在國中常被欺負嗎？」

「記得。」

「其實，有大部分只是因為我是從台北下來的關係。」

「怎麼說？」

「記得我被分配到那班級後隨便找個座位坐下來，那個座位剛好是在女生前面，我就聽見有人說『那個台北人難道不知道坐在女生前面會倒楣嗎』，然後開始在我背後閒言閒語，大概是故意的吧，後來我坐到別的地方，他們又會說『那個台北人都不說話，是看不起我們』，後來，這些話語越來越多，他們就開始大膽的找我麻煩了，跟戰爭一樣，都要先找個藉口，而找我麻煩的藉口就是，因為我是台北人，後來，我就不太想說我在台北發生的任何事了，多說無益。」

「這樣啊……」詩婕思考了一會兒，好像在找什麼正確的語句。「人類的自卑心理真是一件奇妙的事，不過這個跟個體和群體也有關係就是了，如果自卑的是個體，那可能個體會產生些許的精神疾病和偏差，不然就是被群體影響而決定個體的行為，但如果自卑的是群體，輕微的就會發生社會事件，嚴重的當然就是戰爭了。」

我嘴巴微微張大，叉子上的鮭魚肉停在半空。「小詩，妳怎麼說話越來越像大敦啊，我的天～」

詩婕咯咯地笑。「最近讀了一些康德還有佛洛伊德的書嘛，尼不要看我這樣，我對心理學也是滿有興趣的，我很能感受尼所說的。」

「不過，台北又沒有什麼厲害的地方，台中也沒有比較差呀。」

「是沒錯。」詩婕說。「就像……台灣和越南不都是在地球嗎？台灣人、越南人也都是地球人啊，但是所受到的待遇卻天差地遠，因為尼從小出生在台北，尼才會覺得沒什麼差，雖然是真的沒什麼差別，但我要說的就像，真正有錢的人才能說『我沒錢』，貧窮的人說『我沒錢』那可就是真正沒錢，尼懂嗎？自卑和優越是一體兩面，不然納粹幹嘛屠殺猶太人，他們的國家從以前就被頭腦好的猶太人控制啊，商業家、政治家都是，從自卑衍生而來的優越才是最極端最恐怖的。」

我手拿著水杯又忘記喝了，一副不可思議的眼神望向她。「這個……妳是不是有跟大敦討論過。」

「偶爾啦。」詩婕有點不好意思的說。「從小受到歧視，所以更想要了解歧視的原貌。」

「妳現在還有被歧視嗎？」

「到目前來說已經好很多了，畢竟我也是靠自己的力量走到今天呀，不過，以前小時候是歧視，現在比較多的是同情，有時候同情太多也算是一種歧視呢。總之，坦白跟尼說，我媽媽雖然有居留權但卻還是非法勞工，並沒有工作權利，每天汗如雨下的在工地工作，還要擔心稽核官員而東躲西藏，被查到了就必定會被辭退，父親留下來的退休薪俸、遺產也都被父親的兄弟姐妹瓜分掉，我們一毛錢也沒拿到，要說被歧視，被自己的親人歧視才是最痛苦的呢。所以我們家一直是低收入戶，政府對外籍新娘的政策還是令人搖頭，不過我已經受到很多幫忙，也沒什麼資格抱怨什麼，我想要說的是，如果以後我有力量，我想我會選擇幫忙那些受到歧視的人。」

詩婕的語氣有些激動，眼眶已經些微的泛紅。

「唉……」我嘆了口氣。「對不起，我好像什麼忙都幫不上，不過，大敦跟我說過一句話，他說，生活是一座高山，不管再怎麼厲害的人物，最後還是得要面對那座高山，我想他說的意思就是這樣，不管是衣索比亞的難民，還是美國白宮裡的官員，都一樣。」

「衣索比亞和美國白宮……這個形容好爛唷。」詩婕大笑。

「哎唷……我就不太會形容嘛，妳知道我要講什麼就好了啦。」

甜點隨著主餐後放上餐桌，我們空白地望向窗外中港路的夜色，夏天整日的熱氣蒸騰，川流的車燈上空浮現淡淡的霧氣，不仔細去注意的話，我們彷彿浮在雲端上一樣。

「嘿，小祐，你覺得我是怎樣的女生，應該是說，你怎麼看我這個人的？」

我搔了搔頭。「為什麼妳跟大敦都問我一樣的問題呀。」

「有嗎？」

「有啊。」我吃了一口蘭姆冰淇淋。「還記得大敦在屋頂被淋得像落湯雞一樣的那天，就是問我這個問題呀。」

「那你怎麼回他？」

「老實回答呀。」

「那你也老實回答我一下呀。」

我雙臂交叉在胸前沉思了一番。

「喂，有沒有這麼難想呀，不准說謊喔尼。」詩婕撥了一下前額的髮，眼神透著稚氣的光。

「小時候覺得妳很煩，總是吱吱喳喳的話說個不停，然後，妳很會給我們惹麻煩，每次都要我們去救妳，覺得好煩，不過後來……」

「後來怎麼樣？」詩婕的眼睛瞪大了些，像兩隻黑色小精靈。

「後來想過，如果沒有妳的話，我和智敦或許不會產生這樣的革命情感，我們的生活會無聊到爆炸那樣，總之，沒遇見妳，或許不會是好的結果，人的際遇很難說啦，不過妳不覺得嗎，我們三個在一起好像形成一股……不曉得怎麼形容的氣場，很容易將外人隔開，妳有感覺到嗎？」

詩婕稍微歪了一下頭。「怎麼說？」

「我們三人就算分開，好像也在自己的世界裡找不到知心的朋友，雖然我也不覺得我們三人有多知心，我們並不完全了解彼此呀，可是常常會有無形的力量又將我們三個人湊在一起。」

「無形的力量……是眷村的神或者是綠光嗎？」

「也許喔，說不定。」

「聽尼這麼說好像真的如此，我從學校得到的只有一些無聊的知識和技能而已，真的也沒交到什麼知心的朋友，尼也沒有嗎？」

「我住校三年完全沒有，這真是可怕的事，而且我還交過女朋友喔，分手時一點也不感覺到難過，比起這個，智敦那天在屋頂上的事還讓我難過一些。」

「什麼？！」詩婕一副不可思議的表情。「尼交過女友！可惡，怎麼都沒跟我說過。」

詩婕的表情讓我笑了出來。「可惡什麼呀，並沒有特別保密呀，只是找不到機會講而已。」

「漂亮嗎？」詩婕追問。

「非常漂亮喔，一百朵粉紅色玫瑰簇擁起來也沒有她漂亮，簡直就像電視上的明星一般漂亮。」

「喔……」詩婕的表情有點落寞。「那幹嘛不跟她繼續下去。」

「哎唷，這種事總是有許多原因嘛，妳也交過男友的，應該知道。」

「我才沒……才沒有尼這麼濫情呢。」詩婕大聲反駁。

「喂，妳說的也太嚴重了吧，只是交個女朋友而已，大家都一樣呀。」

「反正就是這樣啦，我不管。」詩婕交叉著手臂，把頭擺向一邊。

「生什麼氣呀，神經。」

我搶在詩婕拿錢出來之前先付了帳，詩婕一路上一直要把錢塞給我，不過我怎麼樣都不收。

「喂，不收錢的話，我會上去台北再請尼一次喔。」

「幹嘛這麼堅持呀，台北，好啊，妳隨時都可以上來呀，請客就算了吧，真的不用。」

「我不要尼同情我喔，什麼人都可以同情我，可是我不希望尼同情我。」詩婕說。

「我沒有呀，真的沒有。」

她的手把單肩包握緊了些，這時我才發現今晚她的連身洋裝很合身，裙子窄窄的，雖然身高不高，但裙下露出一雙比例美好的腿，路過鬧區時，有好幾個學生轉過頭注目她。

「小祐，我以前本來認為你性向有問題呢，還好你交了女友。」

「什麼性向有問題？」

「同性戀啊，就是gay嘛。」

我嚇得整個人跳到路旁。「妳……妳在說什麼呀，我怎麼可能是什麼同性戀。」

「感覺嘛。」詩婕一派輕鬆的說著，但卻是嚇出我一身冷汗。「尼知道我念的是女校商職，關於女同性戀真是多如河裡的魚兒呀，尼念的工業職校沒有男同性戀嗎？」

「沒有……吧，大家一窩蜂的把妹。」我說，可是突然有點動搖。

「那應該是比較隱性吧，有時候我也會懷疑自己，因為會被同性女孩給吸引呀，像有個很漂亮的學姐就曾經吸引過我一陣子，後來總算慢慢知道自己是異性戀，不過是帶著一點點雙性戀的，漂亮的女孩還是有可能吸引我，不過那比例大概是九比一吧。」

「怎麼可能知道這種比例。」

「知道就是知道呀。」詩婕比了一下自己的眼睛。「這種事看久以後就會知道了，不妨尼可以想看看呀，說不定尼跟我的比例是一樣甚至超越了。」

「怎麼會……」我深呼吸一口氣，腦海裡我偷偷讓智敦浮現上來，不是本能性的，只是稍微思考一下，可是那畫面和感覺還是混亂的，我不認為詩婕的感覺是正確的。

「這種事我不想多說啦，只是好奇而已，每個人多多少少都會有點雙重性向，只是顯性和隱性之分而已，反正，既然小祐不是的話……」詩婕停下腳步，把肩包放下用手拉在背後，我們正走過一座天橋，中港路的車輛在我們的腳底下像河流嘩嘩的快速流動，沒有什麼風，空氣有點悶熱，我們的側臉都被光照亮。

「怎麼？」我也停下腳步跟她對望。

「我們做愛吧。」詩婕微微笑著。

頓時我的腦袋一片空白，詩婕這句話像轟炸機一樣在我心底投下炸彈，產生大量的煙霧和震動，一時之間我什麼話也說不出口，不管怎樣，這顆炸彈讓我瞬間又想起智敦，這是一個滿糟的感覺，由於想起他，所以我更無法接受詩婕，並不是討厭詩婕，她很美好，身形和長相都不算是能夠被挑剔的美好女孩，我可以很坦然的說我對詩婕有感覺，可是只要有智敦在的一天，或許這可能就永遠變成秘密，但也不是對智敦的義氣使然，更不是討厭智敦，那到底是什麼……我頭痛了起來。

「喂～不要就不要嘛，發什麼呆呀，我知道我沒有那一百朵粉紅玫瑰這麼漂亮，可是我在學校的評價也不算差喔，也有很多人追求過我，而且，要是尼以為女孩都可以這麼隨便提出這種邀請的話，小祐，尼可就大錯特錯了喔，這我已經想過很久很久了，我可沒有向別人說過這種話，這個是兩千年……不，是好幾萬年才有一次簡直就像被隕石打到頭的機會喲。」詩婕用食指指著我。

「為什麼……為什麼會想跟我……」

「尼再問為什麼我就揍尼喔！就 Yes 和 No 而已，尼到底是不是男生呀。」

我再深呼吸一次，稍微整理一下自己的思緒。

「我的答案是 Yes，但是……」我說。「但是，可不可以保存起來，現在我才剛要離開這裡轉換一下心情，不想現在介入什麼複雜的事情，這樣的回答可以嗎？」背部微微出汗。

「很好，這麼久了，尼總算能夠給我一個好答案了！」詩婕點點頭，然後慢慢走向我。

我吞了一口口水。

「嘿，小祐……可不可以抱緊我一次，然後再轉身離開？很用力很用力的那種，好像是最後一次抱我那樣的擁抱，不要像以前那樣一直把我推開了，至少這一次，不要再推開我了，好嗎？」她仰著臉，用溫柔無比的眼光拉住即將要離去的我，就好像接下來我再也不會出現在她的眼光之中那樣，我不曾後悔抱住她，因為我們的擁抱是如此無雜質，如此的釋放與坦白，她是、我也是，她在我懷中幸福的漾開笑容，眼神直勾勾的、渴望的凝視著我，那已經是我倆最最美好的時光了，如此幸福的表情讓我有點忍不住想要謝謝她，謝謝她傳遞過來的溫熱完滿我殘缺的感情，在若有似無的涵好之後、在甚至都沒有愛過的一百朵粉紅玫瑰之後，但是，我知道的，看著她揮揮手微笑跟我道別，我知道這跟我和詩婕之間有沒有結果無關，因為當下我們的擁抱就像貓躡足走進來後又悄悄然離去了。

06

時序進入大學時期，回想起來，最讓我以及大家印象深刻的還是九一一事件，那飛機攔腰撞入紐約雙子星大樓的畫面，一時之間還以為是好萊塢的某部大片，但卻是真實新聞事件，雖然不是發生在台灣，但還是會令我想趕快打電話給詩婕或智敦，好像必須要共同見證一個時代的劇變那樣，實際上來說，雙子星大樓垮掉的同時，我感到世界的矛盾與衝突到達一個頂點，就像煙火彈飛上天空不得不炸開放出絢爛，零星的碎片和星火紛然掉落，我們冷眼的看著那爆破，或許有驚嘆、或許有恐懼，但最後留下來是冷冷的黑夜，還有藏在黑夜之後蠢蠢欲動的什麼，就像那時台灣正逢第一次政黨輪替，民主一片欣欣向榮，但誰也不能預料到二〇〇四年的選舉卻分裂了台灣，在那個時代下的我們，就是在這種看似遍地開花卻又暗藏渦流的生活中度過。智敦在電話裡跟我討論九一一事件，他說英美終於可以名正言順的入侵中東各國搶奪石油權，我心想他可真是冷靜，應該去從政什麼的，我試著問他眷村的近況，幸好還在。他說。

「政府的效率一直都是這麼低落的，尤其是台北市以外的城市，總之，我每週都會回去關注一下，有空來我這裡玩，彰化什麼沒有，就太陽大。」

「好，一定。」我說。

聽智敦說話流暢的語氣，能夠感覺他好像正在變化當中，瞬間引起淡淡的愁緒，他代表著我過去時而熱血沸騰、時而瘋狂的青春，我自私的希望他不要變，但又不禁想像著，經過大量閱讀的洗禮以及姨丈事件影響後而進入體院，他會變成什麼樣的人，想像著他每天固定在眷村外圍揮汗慢跑的模樣，他的排汗外套、慢跑鞋，胸前微微繃起的曲線，從臉頰流到下巴匯集而成的水珠，專業而規律的呼吸聲，不知所措時用手搔頭的模樣，我心底不經意的震顫，就像深層地震一樣。後來我也去彰化找過智敦，因為自己多一台舊的筆記型電腦，智敦有需求就先借給他用，然後在他那邊住了幾晚，他還是一樣，書堆得比山高，牆壁四周貼著幾座歐洲城市的海報（不像正常男生會貼裸女海報），阿姆斯特丹的運河、布魯塞爾的大廣場、巴黎聖母院、愛丁堡、倫敦的諾丁山市集等等，他說等存夠錢他就要去這些地方流浪。與智敦相處後離開回到台北，我常會思考詩婕所說的性向問題，可是，我相信萬物沒有絕對，不管是異性、同性、雙性戀者，只要是人，就沒有什麼不會改變的，因為這個世界就是天天都在變呀，於是，為了要定義關於『我』是誰，我做了大膽的實驗，就像在跟決定性向之神（如果有這個神的話）挑戰一樣，雖然到現在我不曉得是否有什麼明顯的作用，但是在記憶中的確展開了自我省察之旅。

我不停招蜂引蝶，只要看見女孩稍微動搖的眼神就不放過，讀的工程學院由於全班男生，所以找女孩聯誼的機會不算少，眼神互望、接近攀談、約會出遊，公式總是這樣，但我並不是一個談話高明的人物，也沒有一張讓女孩看見就心動的臉，要能夠約出去並不容易，比起這個，班上有更厲害的角色，明明大家擁有的時間相同，但他就可以同時跟好幾個交往，而且可以搞得每個女友都互相不知情，太累了我說，這是一場遊戲，輸的離開、贏的繼續，厲害的角色說。

大學四年，高的、瘦的、胖的、讀護理學校、會計、美術、外文系等等都曾經約會過，過程其實是快樂的，女孩們很容易對我傾訴心事，可是總不能一直約會下去，人還是本能性尋求穩定關係，某些女孩開始對我要求些什麼，雖然表面會說：我不在意你的過去、你之前約會的對象、你的身高體重、你的金錢觀、你的家庭背景等等，只要你愛我就好，但實際上卻比你自己還要更在意，而愛能夠構築的事物也跟不上妒忌之火燎原的速度，不只是她要求我，我也會對她有所不滿，她的談吐、她的深夜不歸、她的驕縱任性、她的生活習慣、她的隨意說走就走，**我們互相限制著對方朝自己的想法前進，可是我們卻對自己的想法並不完全了解**。於是，分分合合開始，當然，真正交往的次數很少，很多則是尚未開始就結束了，在我還沒搞清楚戀愛這東西是怎麼回事之前，兩人之間的關係已經變質，有時候是我嘆息、有時候是她流淚，有時候還會抱在一起感莫名的傷，明明兩個都還是未經世事的年輕人，但卻總是容易走到撞牆期而找不著出路，這就是青春的愛情吧我想。

被這些經驗洗禮後，我覺得愛漸漸失去本質，只剩下預謀侵佔原本不屬於自己的東西，付出只是為了要求更多回報，所以付出變得如此虛假醜惡，我想，唯有智敦那樣對待詩婕，我才覺得是愛，而那樣的愛，我根本就做不到呀，折磨自己也折磨著別人，所以像我這樣的人必須要承擔分離的結果，價值觀和感情觀漸漸扭曲。另一方面，我也逼自己去 Gay Bar（這也是實驗的一部分），雖然全班都是男生，但是卻非常壓抑保守，時代進步，但要在男校討論同性戀或雙性戀的問題，要比在女校討論困難許多，簡直是不可能的任務，我們只是上課一起作弊、下課一起把妹，其餘時間大家好像各自在忙什麼偉大事業很少聚在一起，班級感情並不是很好，這大概又是眷村之神的詛咒吧，最後我從宿舍搬出去租了房子住。

「我跟女孩做愛是有感覺的。」一個理三分頭戴著耳環的律師坐在沙發上說，旁邊還有四個男性友人，大家都很隨意的散坐在沙發各處，一個左手臂上刺著天使翅膀、一個穿著亮眼的皮褲、一個戴著灰白角膜變色片，坐在最角落的則留著山羊鬍，每一個人打扮整理起來都非常有型，小小空間裡紫色燈光漫射，音響傳出的音樂是Queen—Bohemian Rhapsody，我坐在另一邊的獨立沙發座椅，佯裝自己是小說作家而來這裡取材。

「所以，你不算是同性戀者囉？」我問。

「嘿，你這句話原本就有點毛病喔，我們不喜歡定義自己，至少我不喜歡。」

「喲～說什麼大道理呀，什麼定義不定義的，你現在到底是直是彎的都不曉得吧，上星期是彎的，這星期又是直的，不是彎的就別浪費大家時間啦。」坐在他身旁的天使翅膀沒好氣的說。

「喂喂，尊重一下，我們有新朋友在這裡，什麼又直又彎的，別讓人家以為我們都在批判性別政治，我們是很Free的，而且人本來就很複雜呀，這世界本來就有許多性取向，不是非黑即白喔，而是有許多漸層，不只是同性戀、異性戀，還有雙性戀啊，這之中又有分九一、八二、七三、六四、五五等等，這之中又有分情慾偏同、性慾偏異，哪裡定義得完呢，對不對？」律師優雅的反駁。

這讓我想起詩婕所說的話，原來真的有這樣的差別，我開始對律師產生信任。

「是是是，你是大律師我辯不過你。」天使翅膀喝了一口長島冰茶。其他人則暗自竊笑，看來天使翅膀還挺在乎律師的，看得見他們之前情感的互動。

「好了好了，大家是出來玩的，別一直聊這種嚴肅的問題嘛。」皮褲出聲緩頰。「聽音樂喝酒啦。」

大家互相敬了幾杯酒。

「直和彎是什麼意思？」我問。

「所謂直，就是像你這樣純正的異性戀者呀。」山羊鬍抽了一口菸。

我猶豫了一下。「純正的……」

「嘿，我不知道你是來這裡幹嘛的，取材也好、尋覓也好，如果你是來尋求自我認同，那盡量不要被這些群體概念帶著跑喔。」律師說。他彷彿注意到我向下沉的眼神。

「群體概念？」我拿出小本子做筆記。

「本來我們每個人生下來都是單獨個體，可是卻要以群體概念來命名個體，例如亞洲人、非洲人、白種人還有性別、性向，這是無法避免的事，如果單獨要去吵這件事，就會落入到底是先有雞還是先有蛋的循環，這樣不行，像我們從小就是被異性戀教育給教大的，當然就會以男生愛女生、女生愛男生來命名我們的性向，後來多元性的角色慢慢被接受後，才又分出同性戀和異性戀或雙性戀，但這些還是不夠的喔，所以，如果你還在矛盾混沌之時，盡量不要把自己先歸類在哪一塊，重點是，**先感受情慾流動**，真正流動起來後再來自我認同，至於要不要定義自己在哪一塊，隨便了，重點是，千萬別把自己邊緣化。」律師說話雖快，但是卻字字清晰，就好像廣播節目主持人的磁性嗓音，令我心頭一陣酸涼。

「感受情慾流動……邊緣化……」我低頭重複他的話，用手刷刷的寫。

「哎唷，別理他啦，律師當久了，這個人就是愛說大道理。」天使翅膀沒有好眼色的說。

律師將手勾在他的肩上。「你就很愛聽，所以我就愛說啊，怎樣。」

「波西米亞狂想曲。」皮褲向後躺進沙發裡，仰著臉抽菸。「I'm crazy about this song.」

「好想跟 Freddie Mercury 做一次喔，一次就好，我好喜歡他的鬍子。」山羊鬍說。

「拜託，你的品味也真是差勁。」皮褲說。

「Freddie……是誰？」

大家都用不可思議的眼光看著我。

「你竟然不知道 Queen 的主唱!?」律師說。「他是 gay 呀，他的歌喉無人能比。」

「白活了。」天使翅膀說。

「對，白活了。」皮褲說。

「沒錯，白活了。」山羊鬍說。

我整個臉紅頭差點就要往高級地毯插進去。這時坐在山羊鬍旁的灰白色眼眸男生靜靜的拿起長酒杯喝了一口，從頭到尾他都沒有說過一句話，他把酒杯慢慢放下，大家都把眼神投向他，沉默片刻。

「嗯，我覺得……」灰白色眼眸雙手交握，視線放在桌面上，好像桌面刻著一道難解的數學題目那樣，然後他皺著眉點點頭開口：「的確是白活了。」

三秒鐘後，每個人都像說好似的笑得前俯後仰，我掩面搖頭苦笑，不過仔細的聽歌，我的確被 Freddie 的歌聲給迷住了，歌劇式的唱腔像柔軟的、有實體而且有香味的東西，靜靜的流入心臟而且溫暖起來，一時之間好像什麼都有意義似的了，而且重點是，我想起了智敦。一陣嘻笑結束之後，不知道為什麼只剩下我和律師留下來單獨談話，其他兩併兩都跑去小舞池不然就是後面的小空間去了，激情的音樂結束，接著從音響流瀉出來的是西班牙吉他純粹而流暢的音樂。

「其實我有些困擾。」我說。

「怎麼，跟女生做愛沒有感覺嗎？」律師稍微鬆開他的領結，輕輕的笑著。

「有感覺，雖然沒有想像中好，不過至少是順利的。」

「所以跟男人也做過，也很順利？」

「不，沒做過。」我很快的回答。「而且我可以想像那件事，已經確定那使我感覺不好。我的困擾來自於一個人，一個很要好的兄弟。」

「你是指有血緣關係的嗎？」他說。

「是的。」我點頭。「我和他沒有任何明顯的舉動，只是有時候，我會幾乎本能性的被他所吸引，但我有很喜歡、很喜歡的女孩，也曾交過女朋友有過穩定關係，所以關於他吸引我這件事，有時候會浮現心頭，在腦海裡小小的角落裡會看見他，那使我困惑，老實說，我也是因為這樣才會來這裡。想要……就像你所說的自我認同。關於我這個人到底是怎麼樣。」

心臟不停喧鬧，真不敢相信現在竟然在討論這件事，有害怕但也有些微的期待，我決定，不管怎樣走出這個小空間就全忘記了吧，僅此一次。

「這個困擾，我想我能感受。」律師撫著乾淨的下巴。「我第一次察覺到自己的性向問題是在高三的時候，正承受著聯考的壓力，家族內每個人都是從一流大學出來後進入一流企業，身為么子的我又更感到痛苦，那個時候，我的親哥哥正在大醫院當實習心理醫生，也算是個優秀人物，是他，是他先引誘我的，中間的事我不想贅述太多，總之，我們有次正在房間裡接吻時被一個親戚發現，當下，哥哥極度澄清並馬上把我推開，說是什麼醫院的實驗課程之類的，我能諒解，因為換作是我也會這麼做，雖然後來事情總算沒有延燒出去，但從此我和哥哥的關係就永遠破裂了，他搬出去獨自生活，現在有老婆和小孩，只有過年我們才會小聚一下，互不過問彼此的生活，我們之間的事變成永遠的秘密。」他有點感慨的向後躺，視線朝向天花板。

「真是遺憾。」

「我想那不是重點了。」他搖搖頭。「我很謝謝哥哥讓我了解到自己，雖然我們的關係變成如此，沒辦法，這本來就是個異性戀霸權的世界，以生物遺傳學角度來看，傳宗接代才是實際意義，包含我們人類，但我始終相信人的複雜度不能單從生物學裡定義，最重要的是我們靈魂裡的東西。」

「靈魂裡的東西？是什麼？」

「愛。」他說。

「愛。」我慎重地說。

「不管異性戀、同性戀、雙性戀或什麼其他奇奇怪怪的性向，我們都是人，我們都有愛人的本能，也有被愛的本能，了解自己的愛，**擁有一種向內心探索而且執拗的精神，其他都只是人生的過程而已**，你懂我要表達的東西嗎？」

我沒有說懂或不懂，可是我很感動，心中有股拋開束縛的自由感，對，自由，**自由不能以正確或錯誤而論，自由就是自由**，我幾乎想要衝到彰化給智敦一個溫暖擁抱，謝謝他過去照顧我的種種一切，當我還在想的同時，律師走過來給我一個紳士般的擁抱，品味良好的古龍水味道飄過鼻間，我有點不知所措。

「離開這裡吧，孩子。我怕你的心受到損傷，等你夠堅強茁壯了，我想，這個世界會隨時歡迎你。」他像摸小貓似的摸摸我的頭，於是，實驗暫時結束了。

我和律師在很久很久以後才又聯絡上，雖然我並沒有變得多麼堅強茁壯，不過他已然變成我生命中的導師，最後他實踐了他自己很多的夢想，雖然只能獨自一人，但還是繼續與無法接受他的社會體制做抗衡以及不斷向自己的內心探索、挑戰。

大學即將畢業的那年（每次都是畢業那年出事），台灣選舉越來越緊繃，這幾年經歷九二一大地震、千禧年網路泡沫、SARS……等等像是啟示錄般的大事，對我而言，時代似乎也告訴了我某些東西。許久沒有聯絡的詩婕在台北出了一場嚴重車禍，而我卻在詩婕住院的地方遇見我的父親。

詩婕因為在台中被星探相中去拍攝平面雜誌，雖然還沒有登上封面，不過由於中越混血的特殊身分，所以詢問度也還算是不錯，接案穩定以後她就休學北上過著餐廳打工以及兼職模特兒的生活，她努力工作擺脫貧窮，而她的母親則是經常回越南，有時候一回去就是三個月以上，聽她說大概是在養越南那邊的另一個家，這種事在台灣其實是屢見不鮮，尤其又是一個喪夫然後又因為政策問題而要躲東躲西的外籍媽媽，詩婕可以說是孤孤單單一個人吃力的生活著，我們知道彼此都在台北，但有時候她很忙，有時候則換我忙，就像互相交棒一樣，雖然很近，但我們並沒有見過面，知道她出車禍還是是智敦打電話跟我說的，這種狀況下我們又相聚在一塊，雖然不是很好的狀況。

「她已經睡了十幾個小時了。」

智敦坐在病床旁，我看著他一邊忙著用溼毛巾細心擦拭她的臉，一邊又跟護士醫生討論她的狀況然後整理身邊的器具以及生活用品，智敦的眼神充滿慈愛也充滿血絲，似乎已經好幾天沒有睡覺，他心疼的看望著病床上柔弱的身軀，詩婕染了頭髮，容貌比起三年前的她又更立體了些，像是歲月精靈巧妙的用手在她臉上這裡揉揉、那裡搓搓一般，不過狀況確實不太好，她頭上包裹著紗布，左臉頰上也有一塊，腳沒有受傷，不過左手和左手臂都纏上了，長長的睫毛靜靜躺在下眼皮上。

「大敦，到底……發生什麼事了？」我把手放在智敦的肩上。

智敦經過體院四年的訓練，身材較為過去精壯也瘦了許多，一頭清爽的短髮，身高依然魁梧，整體散發出內斂的氣息，不用說了，他的確變成一個有魅力的男生，有魅力的男生在哀傷時，那凝重的氣氛會加倍。

「小詩她上來台北的事你不知道嗎？」智敦把我的手拿開，用一種責難的眼神看我。

「知道啊，可是……」

「你為什麼不多關心她一點，你到底都在忙些什麼？你知道她每次要拍攝雜誌時都會被攝影師毛手毛腳嗎，你知道她現在開始深夜錄影，所以日夜顛倒，每次都從深夜忙到隔天中午，所以才會在騎摩托車的時候發生事故，如果我能早點過來，如果我能……」智敦還想要繼續說下去，可是好像失去力氣般癱軟下來，我趕緊攙扶他。

「好好好，是我的錯，你先睡一下好不好，是不是都沒睡覺吧，好好休息一下好嗎，拜託。」我有點訝異智敦這樣責怪我，不過也能夠諒解，詩婕現在什麼親人都沒有了，她只有我們呀。我試著將智敦扶到旁邊的小床，可是他全身重得像鉛門般，智敦垂著頭背部開始顫抖，他哭了，這是第二次看他哭，不過這次悶重的哭聲讓我感受到他對詩婕的愛超乎我想像，超越我對其他女孩以及對智敦的所有集合起來的愛，那樣的愛使我心生崇拜和畏懼，**崇拜愛的純淨、畏懼愛的沉重**。

「怎麼辦……小詩如果醒不過來，怎麼辦……我真的不曉得……怎麼辦了。」他緊抓著床緣，那力道使其皺褶扭曲起來，智敦整個人就像繃緊過頭的彈簧，眼看就要散盡氣力。

「求你，先休息好嗎。」我心如針刺。「如果連你也倒下來，誰來照顧小詩。」

「不……最能夠照顧她的，是你……」

我想他是有點累過頭語無倫次了，我安撫一下他的情緒，向護士請求半顆安眠藥給智敦吃，蓋上毛毯的智敦沉沉睡去。我去買了幾個三明治和水，打算今天在這邊過夜，幸好大四幾乎學分都修完了，只剩下一些選修課程，明天的就先蹺掉吧，女友也在去年冷冷的冬天分手了，現在倒真的是沒什麼事，我坐下來吃三明治，點滴沒了請護士來換，量了體溫感覺有點發燒，問過護士說是已經在點滴裡加藥物控制下來了，於是幫她擦擦從額頭冒出的汗，毛巾換過冷水敷在上面，然後又繼續望著詩婕發呆，她的呼吸規律，臉色還算紅潤，嘴唇不會乾乾的，想必智敦真的很細心照顧她。開始覺得有點無聊，於是去護理站問問有沒有東西可以借來看看消磨時間。

「嘿，請問你是506病房黎詩婕的家屬嗎？」個子嬌小綁著馬尾的護士可能剛換班，所以我們在交誼廳裡就這麼聊了起來。

「喔……不。」我說。「算是很好的朋友吧。」

「喔，好吧，剛剛裡面那個男生幫忙付了所有醫療費用，想說如果你是家屬的話跟你說一聲，他也說他是好朋友，雖然沒有家人來找有些遺憾，不過也真的不錯，有兩個帥哥跑來照顧她，尤其是裡面那個高高壯壯的男生。」

「他怎麼了嗎？」

「就算是男朋友也做不到這樣呀。」她驚訝的說。「那個時候急症室聯絡不到她的家人，就找通聯紀錄裡最常打電話給她的人，所以就聯絡到他了，兩個小時之內，他就從彰化來到醫院了，你說這速度可不可怕。」她伸出手指比出V字。

「所以他到底多久沒有休息了。」

「算一算也有將近二十四小時了喔。而且，他照顧人真是一流，換藥、擦澡、按摩身體、綁紗布繃帶等等，每一項動作都很細心喔，真是讓我這個病房護士汗顏。」

「擦……擦澡？」我驚訝地說。

「喔，不要誤會，他很紳士的做完他能做的，其他部分還是靠我們幫忙啦。」

「嗯。」我沉默了一會兒。「請問詩婕算是昏迷嗎？會不會醒不過來。」

「放心。」護士說。「那不是昏迷，腦波很正常，送進來時是有意識的，只是真的體力很差，大概是常常熬夜又沒有攝取足夠的營養，再加上她是低血壓的體質所以腦部缺血，又因為撞擊到頭部有點短暫昏迷，現在補充營養好好照顧她，應該就會醒過來了。」

「謝謝。」我說。

「加油。」她說。

隔天早晨我從智敦躺的那張小床醒來，本來是睡在椅子上的我被移動到小床，智敦不曉得去了哪裡，但發現詩婕已經能夠坐起身，茫然的眼神背對我望向窗外，淡淡的陽光灑落進來，一個還算不錯的早晨，可是病房這種地方總是讓人提不起勁。我正想開口說話，智敦拎著早餐走了進來。

「小詩，妳還不能坐起來啦，快點躺下。」智敦著急的說。

「沒關係，我想看看窗外。」然後她望向我。「嗨，小祐，好久不見。」

「嗨，好久不見。」

「尼門看我的手。」她舉起兩手，手臂關節的部位都打上石膏。「好像NBA的球員喔，不過都不能彎耶，簡直像機器人，好蠢。」

「石膏再過一個星期就可以拆了，妳先吃早餐吧。」智敦拆開早餐說。

「為什麼是我呢，為什麼。」她看著雙手，眼淚幾乎沒有猶豫地滑落下來。「我這麼努力了，這麼認真的在過生活，為什麼呢，爸爸走了，媽媽也離開我，到底想要怎麼樣，我這樣要怎麼繼續拍照，臉也受傷了，到底還要我怎麼樣嘛，嗚……」詩婕彎身啜泣，把臉埋到兩手間，身體不斷抽動。

「小詩，不要這樣，我來了，小祐也來了呀。」智敦坐下來摟著她的肩膀，用眼神示意我說些什麼。

「對呀，妳的摩托車都撞得稀巴爛了耶，人整個飛到對向車道，而且妳騎在砂石車常常經過的省道上面，一般來說早就被壓得扁扁扁，血肉模糊了，現在還能活在這裡吃早餐、尿尿、掉眼淚喔，已經是非常幸福了。」我說。

「你在說什麼啊。」智敦一副不可思議的表情。「哪有這麼誇張。」

「小祐，尼是個大白痴啦！」詩婕說完又繼續哭了一陣子，然後就是一邊哭一邊笑的罵我。

「奇怪，我明明就是在說鼓勵妳的話啊。」

「尼是個智障！永遠都是！」詩婕大罵，不過氣氛卻緩和了下來。

「你們連這個時候也能吵，真服了你們。」智敦無奈的苦笑。

等詩婕情緒恢復穩定消磨了一些時間，智敦依舊細心的打理病房周遭，看看什麼東西有缺就用筆記錄下來，這些時間我跟智敦一起去處理詩婕的車禍事宜，根據警察的紀錄以及監視錄影器來看，肇事原因是疲勞駕駛，凌晨時分騎上人行道後連滾帶翻的摔了好幾圈，幸好有戴安全帽附近也有草坪，否則這種速度應該完蛋了，沒有肇事責任和賠償，很快的處理完殘破的機車以後就回到醫院了，我們一起吃囤積的食物。

「喂，小詩，說真的，」我說。

「怎麼了。」

「妳真的是這家醫院裡面最美麗的殘廢。」我用手掰一塊菠蘿麵包給她吃，她連我的手指都咬下去。

「痛死我了啦！」我馬上抽手。

「那尼就是這家醫院裡面最醜的智障。」詩婕說完大笑。

智敦在一旁用欣慰的眼神剝著橘子，我們三人之間彷彿又回到之前的模式，我和詩婕吵嘴，智敦在一旁默默聆聽，有時候我望向窗外想看看眷村的屋頂風景，可是現實卻是灰濛濛的城市景象。

「喂，大敦，你說話不再結巴了耶，好不習慣喔。」我說。

「對呀。好像換了一個人似的。」詩婕附和。「就像變成很厲害的資優生了。」

「也沒有啦。」智敦用手慢慢搔了搔短短的頭髮，習慣動作沒變。「在體院田徑隊裡每天都在運動練習，好像，不知不覺說話就變得順暢了，流的汗水越多、肌肉越痠痛，說話越能按照想法順利說出，我想大概是注意力常常集中在別的地方，所以舌頭就放鬆、放軟了吧。」

「你以後一定要寫個回憶錄或是自傳之類的，造福正為口吃所苦的人們。」

「那小祐也一定要寫。」詩婕說。

「妳又想要說什麼呀妳，學人精。」

「造福那些從正常人變成笨蛋的人呀，具有安慰效果的小說。」

「妳多說話手也不會好比較快啦。」

「我可以用石膏K尼！」

護士進來查看點滴以及一些相關事項，再給了詩婕一小杯的藥，她吃完藥就慢慢的睡去，瞬間我看著她平靜的臉龐想到我們當初在台中天橋上的約定，『我們做愛吧』這句話迴盪在心房裡，我盡量不去想，轉身找智敦出去外面聊天。醫院被夾在城市高樓群之間，人們能夠看到的天空是如此狹窄，一小片像是被剪裁後的灰色天空，車流聲被這些高樓包圍而散之不去，像是某種鬼魂在吼叫的聲音徘徊這個灰色空間裡。

「好懷念眷村，好久沒回去看看了，不知道變得如何。」我說，然後偷偷瞥著智敦的側臉，小心翼翼確認著自己靈魂深處光的波動，有那麼一瞬間可以感受得到光的閃逝。

「最近是還好，可是，眷村外圍已經開始蓋起莫名其妙的建案，各式各樣用竹子架起的廣告看板像軍隊一樣包圍眷村，已經沒有看見飛機起落了，沒有螺旋槳的聲音還真是奇怪，可能是眷村改建案延宕了吧，所以也很少看見政府官員來到眷村裡，我想短期內應該不會有太大改變，或許，會出現轉機也不一定，至少我是正面看待的。」

「嗯，那就好，改天再一起去屋頂坐坐，等小詩好了以後。」

「隨時歡迎呀。」

「嘿，大敦，小詩她……我的意思是，你要不要表明自己的心意了，也是時候了吧，這麼多年了。」我謹慎地說。

他轉頭看向我，然後微微笑搖頭。「我現在不想討論這件事，一切還是先讓小詩好起來再說吧。」

「喔，不過我想就算你不說，她應該也會知道吧。」我說。

「結果不是重點，過程才是，對吧？」智敦說。

「你喔，還是都沒有變。」我躍上欄杆撐坐著。

「你呢？我記得你以前有個很喜歡的女孩呀，她怎麼了呢？」

「你竟然還記得這個，我差不多都快忘光了。」我驚訝的說。

「突然想到的。」

「這麼多年了，早就沒消沒息囉，連她現在在不在台灣我都不曉得咧，嘿，我記得你說過一個人死了以後，靈魂會到一個全部都是水的地方，是吧？」

「喔，好像是印度一個俚語說的，我現在其實記不太起來。」

「那麼，愛情死了會去哪裡？」我問。其實是一個很蠢的問題，只是覺得智敦應該會回答所以我就問了，這麼想起來好像每次都是這樣。

「是指針對某一個人的，還是針對全體？」智敦一貫認真的態度。

「不一樣嗎？」我問。

「當然囉，討厭賓士車以及討厭全世界所有的車，是不一樣的狀況。」

「那應該只有討厭賓士車吧。」

「我一直覺得，愛情不是零和遊戲但卻常常被當作零和遊戲來玩。」

「零和？」

「一方受益，另一方必然受到損失，兩方得與失加起來為零，等於是說零和遊戲沒有什麼意義，但這個世界到處都存在零和遊戲，就像戰爭、股市、選舉等等。」

我朝天空望去，思考了一下零和用在兩人之間的關係。

「**愛情死了，人生就像在玩零和遊戲**，為了損人利己而活，加加減減都在浪費生命，愛情死了哪裡都不會去，它就待在你身邊像影子一樣黏著，無色、無味也沒有思想，等哪一天你終於知道曾經擁有過它時，再回首，年華已逝去。」智敦看看天空，好像在找尋有沒有更好的想法。

我停頓，將這句話慢慢咀嚼消化，花了一些時間，我轉頭看看智敦的側臉，心中的浪慢慢被堆到消波塊激起白花花的泡沫，我受到了衝擊，被智敦的一席話震得有點心跳加速，想起在這幾年所交往過的女孩，真的就像在玩零和遊戲一般向對方要求什麼，可是自己又不願意付出，一得一失之間，不就一點意義也沒有嗎？

「喂，大敦，你真的很誇張耶。」我雙拳舉起像個拳擊手作勢揮打他。「你這樣不迷死一堆女孩才怪，每次都說一些令人起雞皮疙瘩的話，還好我不是女孩，不然聽到這句話早就全身軟趴趴受你處置了。」

「哪有這麼誇張，沒有啦。」他又搔搔頭。可惡，別再搔頭了，簡直連空氣都要愛上他了。

「不要跟我說你還是處男沒交過女友喔。」我張開手臂把他勾過來。「給我老實招來，不然我馬上就去幫你跟小詩表白，我看不下去了。」

「真的……真的沒有交過。」他舉手求饒。

「騙人！為什麼不交？」我逼問他。

「就沒有想過要交嘛，這要我怎麼回答啦。」

我放開他。「大敦，你真的是我見過最怪的男生。」

「好像很多人這麼說過。」他聳聳肩。

「你這傢伙真的很會避重就輕。」我又給他兩拳。

「好了別打了，你看，那不是你爸爸嗎？」智敦用手指向前方。

一個穿著深藍色西裝的中年男子牽著小女孩往醫院門口前進，小女孩身上披著一件粉紅色外套，綁著兩束馬尾，看起來相當討人喜歡，我突然有點不曉得該說什麼而楞楞的望著他們，直到他發現了我們而走過來打招呼。

「姨丈。」智敦叫了他一聲。

「唷！這不是智敦嗎，長得又高又壯又帥了呀。」爸爸爽朗的拍拍他的肩。「祐祐，你怎麼也會在這邊。」

「朋友住院，我們一起來看看她。」我說，有點不知所措的說。

「這樣呀。」他說。「祐祐也長大了呢，很好很好，看起來健健康康的，你們兩個都很好。」

「喔對了，忘了跟你們介紹，這是我的女兒。」他把還躲在身後的小女孩抱起來。

「珊珊，快點叫哥哥呀，這兩個都是妳的哥哥。」

小女孩大約四、五歲左右，有點害羞的叫聲哥哥，看著這種景象，不知為什麼我有點頭暈，難道小女孩就是當年那個秘書所生下來的嗎？

「我先帶她去看醫生，小孩子生病可真麻煩呀，等一下我請你們吃晚餐呀，好不好？」

「不用麻煩您了，我還有事要忙，謝謝姨丈。」智敦說。

「我也是，要去打工。」我隨便找個藉口。

「這樣呀。」他用想要說些什麼的眼神望向我。「好吧，那……祐祐，你在這邊等我一下，我想跟你聊聊。」

十分鐘後，他從門口走出來拿了一罐咖啡給我，智敦已經先上去陪詩婕了。

「祐祐，你現在讀大學了吧？」

「大四了。」

「嗯，時間真是過得好快，雖然你媽沒有跟我說，但我也是有在注意你的消息喔，知道你上來台北，不過這幾年為了那個小鬼頭真的很累，人老了，帶小孩真是痛苦呀，所以還沒找機會跟你聊聊。」他喝了一口咖啡。

「哦。」我跟爸爸並不算熟，至少不是熟到可以這樣單獨聊天，這樣倒是第一次。

「嗯，祐祐，只是想跟你聊一下，就是……既然爸媽已經分開，如果你想要改姓，我不會在意的，如果你真的想要改姓的話。」

「改姓。」我疑惑的看著他。「為什麼我要改姓？」

他有點吃驚。「媽媽沒有跟你說過那件事嗎？」

「哪件事？」

他深深的嘆了氣，背靠在欄杆。「糟糕，我還以為你媽都跟你說過了。」

「到底是哪件事？」我突然有點害怕。

「祐祐，嗯……不管怎樣，我永遠都是你的爸爸，如果你有遇到什麼困難都可以來找我，我會盡我所能的幫助你，這樣你知道嗎？」

「我不想聽這個！到底是什麼事？」我心急如焚，咖啡罐也忘了拉開。

他轉過身來，雙手放在我的肩膀，慎重的找尋開口的契機。
「祐祐，這只是一件事實而已，並不代表在情感上也是如此。」
「什麼事實？」
「我，不是你的親生父親。」
「這……這是什麼意思，我不懂。」
「你聽好喔，我只想說一次就好，這件事到你這邊為止就好，你媽媽，在嫁給我之前就已經懷了你，你原本的親生父親逃亡國外，詳細原因我不太清楚，可能跟幫派有點關係，那個時候你媽媽所處的環境有些複雜，當時，我非常非常愛你媽媽，你媽媽是個非常有魅力的女人，在學校是校花級的人物，出了社會也同樣讓不少男人拜倒在她裙下，總之，我願意付出所有一切來換取她跟我在一起的機會，我就是這樣的男人，也許有點虛榮心作祟，不過我是真的愛她，也願意接受當時她肚裡面的小孩，只要兩個人在一起不分開，就可以過著簡單幸福的日子。」
「那為什麼後來要分開？」我已經有點站不穩。
「很難說明，有些事情已經變化了，回不了原來的形狀。」

「我的親生爸爸……去了哪裡？」

「不知道，連你媽媽都不知道，她也離開那個龍蛇混雜的環境，二十年了，早就都失去聯絡。」

「失去聯絡……」

「祐祐，很抱歉現在才讓你知道，也很抱歉你的成長我沒有參與到，這裡是我的一點心意，你收下吧，一個人在台北生活很辛苦，有什麼困難盡量來跟我說，你從小就是個很乖的孩子，看你現在這個樣子，我很感激老天，讓你堂堂正正的長大了。」他把一捆鈔票塞到我出汗的手掌心裡。

我什麼話都說不出口，看著地板發呆，尋思著……不，我已經不曉得在尋思些什麼，當時只覺得身體輕飄飄的，像蒲公英一樣好像快要飛起來。他腰間的手機鈴聲響起。

「我該走了，這是我的名片，上面有我的電話，有什麼需要我幫忙的地方打給我，好不好。」

他摸摸我的頭，那手掌的溫度有些熟悉，可是現在卻感覺很陌生，他進入醫院牽著他的小女兒，也算是我名義上的妹妹走出來，名義上的爸爸向我揮揮手，名義上的妹妹也向我揮揮手，名義上稱為哥哥的我也向他們揮揮手，他們一起坐上Honda的銀灰色休旅車，發動引擎然後緩緩離開，我在醫院門口站了許久，一直都無法邁開步伐離開，遠方有救護車漸層的聲響，越來越大聲然後到了醫院就停止。我在尋找能夠讓自己釋懷的力量，不用說到釋懷，至少讓我能抬起腳的力量，事隔這麼多年了，就算知道這件事那又如何，我不難過，律師說過，每個人生來都是單獨個體，是啊，我們不都是孤零零的來到這世界上然後孤零零的死去嗎……

『夏祐生，你並沒有失去什麼，甚至你還要感謝他無私的扶養你長大。』我對自己說。

鈔票捏在手心中到了發疼的地步，這捆鈔票彷彿變成我跟名義上的爸爸唯一連結，我不難過，可是為什麼有種想大聲哭泣的衝動，甚至想衝進病房裡跟智敦和詩婕抱在一起痛哭，但，又要為什麼而哭呢，只是扶養你長大的不是親生父親而已呀，電影裡常常看到，這哪有什麼，可是……唉，我不曉得該怎麼辦了，我蹲了下來雙手蓋住眼睛逼自己什麼都不去想，直到智敦來呼喚我，我看著他然後跟著他回到病房裡，詩婕又要舉起石膏雙臂揍我，我笑著躲開，但卻感覺自己不是在笑，我並不想說些什麼，看著我們三人，我的心中油然浮起一種感覺：嘿，你們，我覺得我現在只有你們了，我將這個秘密藏到心底的最深處，然後由我自己埋葬。

詩婕在智敦的照護之下很快就痊癒出院了，住院這段期間我被她的石膏雙臂K了好幾次，雖然我們天天吵嘴，不過我們三人的確在醫院裡度過還算不錯的時光，這種時光真的很難得，就像小時候一樣，眼見詩婕一天一天好起來，智敦也越來越有精神，我很好奇為什麼智敦有這個經濟能力幫詩婕負擔醫藥費，原來是他在台中早已經在念書之餘兼職當游泳池救生員以及健身房教練，雖然不算是能賺大錢的工作，不過應付生活倒是綽綽有餘。

詩婕的左臉頰靠近眼睛的地方有一處橫向的小傷痕，經紀公司對這個很在意，而且剛出車禍的詩婕身體氣色都不太好，在案子越來越少的狀況下，詩婕決定先暫停拍攝工作，很無奈但是沒辦法，這個圈子就是這麼現實，美麗是女人的第二生命，為此詩婕曾經低潮過好一段時間，智敦還是一樣時不時就鼓勵詩婕，他是最忠實的朋友但是卻一直走不進詩婕的心裡，在我當兵的一年半期間，詩婕交了個男友，聽說對她還不錯，只是年紀有點距離，不過也只是聽說，她常常打電話跟我討論她男友的事。而可惡的智敦竟然因為什麼青蛙腿所以只要當十二天的國民兵，因為這樣我休假回去時見他一次就揍他一次，他依舊非常關心詩婕，詩婕常常也會在電話裡提到，而且覺得對他有所虧欠和愧疚，這不是當然的嗎？我心想。智敦逐步變成一個有質感的男人，他的感情世界依舊神秘得要命，每次看他這樣不慍不火的，我就心裡有氣，不過知道智敦這樣隔了一段距離看望著詩婕時，又不忍心再說他什麼。

退伍後，我還是打算在台北生活，不到一個星期的時間就進入公司上班了，詩婕剛好跟我交錯而過，跟男友分手後就回到台中生活，因為台北生活開銷太大。這一年是平靜年，聽說今年的頭一天是星期日，最後一天也是星期日，好像有什麼隱藏起來的好兆頭，所以沒有什麼大事發生，跟我同年紀的人陸陸續續進入公司賣命，社會體制在矛盾與衝突之間慢慢建立起來，然後再以壓倒性的力量發揮它的效用，我們都是小螺絲釘，為了生活認分使出微小的力量讓時代的巨輪往前移動，沒有人發出抱怨的聲音，也不再有像九一一那樣的爆破，沒有大地震和社會亂象，這個時候的我們過著例行公事般的生活，起床、吃飯、上班、吃飯、下班、吃飯、睡覺，被這種壓倒性一成不變的職場生活摧殘著，而在這種狀況下我和林涵好重逢了，當時二十六歲。

那是秋天剛剛結束，冬天剛剛開始的時分，遠自蒙古的冷冽北風一路南下，經過海洋吸取了飽滿的水氣，最後因為碰觸海洋性的氣壓後轉了個小彎，將它所夾帶的水氣靜靜的灑落在台灣東北部，那是北風旅程的終點。深夜，我站在東區街頭的騎樓下望著那好不容易到達台灣的綿綿細雨，剛與同事吃完居酒屋，還不太想回到住處，所以跟同事道別後就一人在安靜的東區後巷散步想事情，在尚未淋溼的程度下，我往捷運的方向走去，在騎樓下方被路燈所吸引，所以佇足望著那被金色細雨包圍的路燈，涵好那個時候向我借火，我不抽菸，所以跟她示意說沒有打火機。

「夏祐生！」她大聲的喊叫。一時之間還以為不是在叫我。

「妳……妳是？」

她單薄的灰色針織毛衣外套著淺茶色秋裝排釦風衣，開口相當大，稍微一彎腰就看見令人暈眩的美好胸部曲線，風衣下襬停在大腿的一半，露出線條勻稱的小腿，踩著皮質感覺良好的黑色短跟鞋，頂著一頭燙染後俐落的捲髮，雖然這種打扮在東區不算異類，不過這種大方展露性感的搭配令人倒抽一口氣。

「Stephanie啊。」她想了一下。「喔……不，應該要說中文名，我是林涵妤啊。」

我拿下眼鏡然後稍微揉了一下自己的眼皮，往後退了幾步上下看看她。的確，她是林涵妤，但卻不是過去心中的林涵妤，當下我有些錯愕，不論是她化的妝、她的假睫毛、她的口紅、她的指甲油以及香水，幾乎渾身都散發出誘人的氣息，而不再是過去純淨無瑕的白色光芒。

「林涵妤。」我說。

「如假包換。」她說。

「妳變好多喔。」我說。

她大聲尖叫衝向前抱住我，手上滿滿的方形紙提袋甩到我的背後。

「夏祐生，好久不見耶，你怎麼會在台北。」

我們的第一次擁抱，我與心目中女神的第一次擁抱，怎麼感覺有些平淡和漠然。

「這才是我要問妳的吧，妳怎麼會在這裡？不是在國外嗎？」

「嗯，已經回國一年了，就……回來結婚囉。」她把左手背舉起來給我看，無名指上圈著一顆別緻鑽戒，我對鑽戒不熟悉，不過那絕對是會令人再多看兩眼充滿光芒的鑽戒。

「恭喜。」

「你沒什麼變耶，好像都不會老一樣。」

「我從小就是一副老起來等的臉啊。」

「是嗎？那你這麼晚了一個人在這邊，怎麼，在等女友嗎？」

「我也不曉得在等誰。」

「那麼應該是在等我囉。」她笑起來很明顯的顴骨像兩顆珍珠。

「也許。」

「也許喔。」

我們互相留號碼然後約好下次見面，雖然我不太相信這個約能成真，畢竟我們自從那通莫名其妙從巴黎打來的電話後就再也沒聯絡過了。那天我在回家的路上去買了一本屠格涅夫的《初戀》，用礦泉水泡了杯咖啡，坐在落雨的窗前開著小燈讀，彷彿在憑弔已失去的時光……

『在她身邊我彷彿遭到火燒灼燙般，我何必搞清楚讓我燃燒融化的是什麼樣的火焰，只要讓我陶醉在這燃燒融化中就好……』

「狗屎！」我將書重重摔在地上，砰的一聲。季娜依達和主角爸爸的關係令我煩悶，主角對季娜依達莫名的愛慕更讓我生氣，我倒在小沙發上，看著黎明時分深藍色的天空，我不知道我是否在逃避，不想去面對那已然失去的美好，不知道，然後，我想起智敦與詩婕，心中甚至產生了懷疑，我從不曾懷疑過智敦，我想也不想的拿起電話打給他。

「喂，大敦，你到底對小詩是怎麼樣，為什麼你總是可以默默的等待她，你到底在等什麼呢？她根本就不愛你呀，這樣有什麼意義呢，到底是怎麼樣？一意孤行也要有個限度吧，你根本就不愛她吧，是不是，告訴我呀。」

「小祐，現在是凌晨四點。」大敦帶點沙啞的聲音說。

「我要你跟我說實話，我看不下去了，我受夠這種無止盡的等待，我受夠了。」

「你冷靜一下，有空，回來眷村聊聊，好嗎？」

這時我才突然清醒過來。「對不起。」我說，然後掛斷電話，我很後悔打這通電話，只是情緒找不到出口，在遇見涵妤過後，我就像得了躁鬱症的病人，我感覺在跟內心的什麼東西對抗、拔河，那晚我整夜沒睡，隔天上班時像個遊魂一樣。

與涵妤的第二次見面是我主動找她的，她也好像準備好似的答應得很爽快，那天我們在台北東區後巷的 2046 酒吧裡喝著威士忌 Shot，一杯接著一杯，她像是要將酒精吞下中和她內心的哀愁般猛喝著，抱怨她老公在國外出差養小老婆，抱怨結婚太早，她還年輕還有大好人生，要不是因為她老公對她很好，家裡有雄厚的經濟實力，她也不會嫁給一個大她八歲的男人，抱怨他們結婚一年後就沒有性生活，抱怨婆婆、抱怨傭人、抱怨一切可以抱怨的事情，一開始我想將內心的話跟她分享，想聊些往事，可是感覺到其實她並不在意，她只是要找一個人訴苦罷了，於是我放棄了，繼續當個垃圾桶。結束後將近十一點，她幾乎快不能走路，我攙扶著她走出門口，我自己也有七、八分醉意了。

「妳家在哪？我幫妳叫計程車。」

「家？我哪裡有家？」她用茫然眼神看著我，她今大穿著露肩印度棉質的洋裝，貴氣十足，我摟著腰穩定她的步伐，然後幫她把外套穿上，外面的雨像棉絮般靜靜飄著。

「怎麼了妳。」我說。「今天心情很不好嗎？」

「你一個人住嗎？」

「是啊。」

「冰箱裡有酒嗎？」

我們一起搭車回住處，在計程車裡她一直看著窗外滑落的雨線，好像也跟著掉了幾滴眼淚，我們跌跌撞撞的走進公寓，這一年來的工作很忙，涵妤竟然是我第一個帶回去的女孩，我不時會偷瞄一下在我懷中的她，這個以前令我魂牽夢縈的女孩，這到底是怎麼樣的緣分呢？她大方的脫掉外套，然後打開冰箱拿了玻璃瓶裝的可樂娜啤酒，跌坐在沙發前想用牙齒咬開瓶蓋，但卻怎麼也咬不開，動作有些狼狽和笨拙，我把酒瓶拿過來。

「妳牙齒會斷掉的，笨蛋。」我說。

我用開瓶器幫她開好放在桌前，自己倒了杯水坐在她身邊，她垂著頭，桌上的酒也不拿，兩側的髮遮蓋住她的臉，像失去鬥志的獅子。

「怎麼不喝？」

這句話好像訊號似的，她一聽到就開始抽抽噎噎哭起來。

「怎麼了？」我伸手撫著她的後頸。

「別碰我，你別碰我～」她用力把我的手推開。

我搖搖頭嘆口氣，由於酒氣衝了上來，頭很暈，實在不想再去管這麼多，也懶得發脾氣，想起身去放個音樂，這個時候沉悶使人覺得太窒息了，但涵妤卻把我抓住，一個踉蹌我跌在她身上，她吻我，我回吻她，酒味很重但卻飽含著誘惑，涵妤的身體比想像中更豐滿而且充滿了慾望，就算是酒醉了也非常敏感，對於我的試探，她馬上就能做出強烈的回應，這樣更加刺激了我的性慾，我們互相脫對方的衣服，動作之大把放在一旁的矮桌都撞倒了，啤酒瓶滾了出去灑出金黃的弧線，我沉溺在久違的肉慾當中，做到一半時她主動將我翻過去，熟練的騎到我身上，不斷發出惹人憐愛的低吟，我望著她不斷晃動的乳房，覺得有些不可思議，有點像是在作夢，雖然像涵妤這樣的身體在過去也不算從沒接觸過，但旺盛的性慾卻是從來都沒有過的，在那之中含有決定性的類似性靈的東西，她不斷達到高潮而縱聲喊叫，結束後，我緊緊抱著涵妤，我們的雙手也緊緊相扣，汗水融化在一起，互相喘著氣而睡去，可是，我怎麼感覺到在體內深處的某種核心，也緩慢地、哀傷地以無法復原般的姿態逐漸崩解。

後來的這段日子（我不曉得到她真正又離開我總共隔了多久），她老公在科技公司當主管，固定一個月要出差一次，每次為期一個星期，而我們一見面就是做愛，她渴求著我，我同樣也渴求著她，而涵妤的佔有慾極強，相處的那個星期我的手機總是被她強迫關掉，女生打電話給我，她總是會認真的生氣，不管她回去跟老公做多少次愛，只要再次跟我見面，我整個人全部一定都得是她的，而每個月會有一星期這樣被支配的我，竟然沒有什麼反抗，我已經被涵妤的身體吞蝕殆盡，在女人原始私密而且無法被填滿的慾望黑洞中，我感受著強烈的迷失，也有強烈的貪婪。假日，我們終日赤裸躺在床上，不出門，性慾來的時候就做愛，肚子餓了就叫 Pizza 外賣，或是隨便找冰箱裡的東西吃，暗色窗簾關上，外面是白天或是夜晚都不太清楚，酒瓶隨意散落在床的四周，她的鑽戒則每次都是放在床頭櫃。

「下次，可不可以別戴婚戒過來。」我說。明天她老公就要回國，代表我們即將再分開一個月。

「沒辦法，總是不能不戴的，婚後生活這回事，不是你想做什麼就做什麼的。」說完後，她又騎到我的身上，性行為這方面，涵好是喜歡擁有相對主導的權力。

「那現在是怎麼回事呢？」

「現在，是你想做什麼就做什麼，不是我。」她頑皮的搖動身體。

「那真委屈妳了。」我說。

「咦?是《初戀》耶，屠格涅夫，你怎麼會有這本書?」

她拿起丟在一旁的《初戀》，全身赤裸騎在我身上，緩緩的讀出書本裡的字句，好巧不巧，就是智敦當初在屋頂上給我看到的那段文字:

「見不到季娜依達時，我便難受萬分，無法思考，變得笨手笨腳，整天滿腦子只惦記著她……」她邊唸邊開始扭動身體，漸層式的鬆開她的慾火，越扭越快、越動越急，我抓著她如蒼白月亮的腰間，深呼吸一口氣，憋住，再開口。

「不……不要唸了，拜託妳。」

「不過，見到她也不會比較好過。我會嫉妒，會意識到自己的微不足道。我愚蠢地賭氣，愚蠢地卑躬屈膝，儘管如此，難以抗拒的力量依然牽引著我到她身邊……」她用挑逗的語氣唸著。

「不要……不要唸了。」

我腦海浮現涵妤學生時的模樣，她送給我畢業禮物，那如天使般的微笑，白色光芒在她的身後展開來，我突然感到揪心的疼痛，一切的一切全都變了。

「夏祐生，你也是這樣想著我嗎？」她俯身在我耳邊低語。

就像線斷了一般，我猛力把《初戀》搶了過來，將它丟得遠遠的，然後坐起身用力抱緊涵妤不停扭動，她閉上眼拉扯我的頭髮，幾乎來不及出聲音，只剩下悶悶的呻吟以及身體的撞擊聲，激烈湍急的河水沖到了田邊閘門，沉重的鐵製圓蓋發出抖動的聲響，我的指甲幾乎就要陷入涵妤的後背，腰的後側一股痠疼將要抽筋的感覺，圓蓋終於爆開，河水潑濺出來將我們全部都潑溼了，我和涵妤緊緊抱在一起，感受眼前失去意識的白光漸漸褪去，聽著彼此的喘息和心跳聲，就那樣許久不動，簡直就像電影《失樂園》一樣，一瞬間我也想吞下毒藥就這樣死去，可是我知道涵好不會想的，最後我們放開了彼此。

「涵好。」我看著天花板。

「嗯？」她也看著天花板。現在外面是黑夜或白天呢？

「我們或許不該再見面了。」

「這是由我來決定，不是由你。」她說。

「一切都變了。」

「沒有開始的事物，要如何談變化。」

語畢，她起身去廁所沖澡，我也跟著進去，我們又激烈的做了一次，在大量熱水從蓮蓬頭沖洗下來時，我們緊緊抱著對方，我哭了，她也哭了，熱水又把我們的淚水沖掉，我們輕輕接吻，這個吻，是我感覺得到最接近彼此的一刻，不過卻稍縱即逝，我們互相幫助擦乾身體，然後靜靜的看著對方的裸體。

「夏祐生，這是二十七歲林涵好的身體，希望你永遠記住。」

涵妤離開後，我坐在客廳沙發上發呆好久，看著這一片凌亂的房間，回想著這幾個月到底怎麼了，好像愛麗絲夢遊仙境般，這一切是真實的嗎？接下來，我又該往哪個方向走去呢？我突然好想喝下藥水變成像米粒般大小然後就這麼走進另一個世界去不回來，可是沒辦法，就連到底有沒有另一個世界我都不曉得，靈魂好像飄離到靠近天花板，我往下望著躺在沙發上裹著浴巾如屍體般的自己，這一切到底又有什麼意義？每個人都從我心裡帶走一些東西，先是涵妤拿走、智敦拿走、詩婕拿走、媽媽拿走，爸爸也來湊一腳，最後涵妤又回過頭來拿，幾乎是掠奪，我被體內巨大的空洞感襲擊，我什麼也不想整理了，想就這樣躺到世界末日，闔上眼，我想像著（或是夢到了）眷村屋頂上的綠光，那充滿幸福與悲哀的綠光，彷彿那是唯一能救贖我的東西，醒來大概是很久以後了，依舊不曉得白天黑夜，我起身打開已關機許久的手機，裡頭有將近十來通詩婕打來的未接電話提示，以及一則簡訊：

『眷村改建工程開始，一巷以及二巷已經都被夷為平地，智敦不肯離開，靜坐抗爭，速回電。』

我向公司請了幾天假回台中，詩婕早已經搬離眷村，與奶奶一起住到政府分配的國民住宅裡，智敦的媽媽也都陸續搬到國宅裡，只有智敦天天回來眷村，就算是斷水斷電他也一直待在那邊，不管媽媽和阿姨怎麼勸他都沒用，工程開始的時候，眷村已經都沒有人了。媽媽和阿姨都在上班，沒辦法來到現場，所以先叫我去看一下智敦，我和詩婕一起到達眷村時，幾乎已經快認不出來這個地方了，鐵皮搭建起來的牆把眷村團團圍住，牆上噴著白漆『水湳經貿園區建設工程』，雖然我不曉得蓋成什麼經貿園區可以改善多少人們的生活品質，但當下看見本應該是安靜祥和的眷村被擁有強大力量的怪手夷為殘破平地時，心裡非常震撼，幾台工具機組從入口往前啃蝕，所經之處（現在已經鏟到三巷了）全部都變成一樣扁平的平地，上面留有一些壞掉的傢俱、雜物、碎石瓦礫、髒掉的玩偶以及看得出的磚牆線條，工程目前暫停，怪手、壓路機、電鑽等等各式各樣的器具就跟智敦所在之處面對面，壁壘分明，不過智敦所守護的剩下尚未拆除的眷村也都只是空蕩蕩的鬼城而已，按照這個情勢來看，過沒多久只要工程再度啟動，繞開智敦擋住的地方繼續開挖就行了，一下子智敦馬上就會被孤立起來，跟體制搏鬥是毫無勝算的。

我們找到智敦時，他靜坐在屋簷底下，身後那片牆用黑漆寫著『良心』以及『拆除的不只是眷村，而是歷史和回憶。』詩婕帶了一些食物和水，我們一起走過去。

「喔，你們來了呀。」被晒成古銅色的智敦瞇著眼看我。

「大敦，你這又是何必呢。」我說。「你明知道這是螳臂擋車，沒有用的啦。」

我坐了下來，看著不遠處那些巨大的機具，感到些微的恐懼，這兩天工程停擺，可能是因為工程款項還談不攏，等談成了以後才會繼續動工，如果財團和政治或是和政客談不攏，工程就會永遠停擺，原本要建設的地方就會變成廢墟，在台灣這種事情屢見不鮮。

「你還記得我以前跟你說的東西嗎？」智敦說。

「記得呀。」我說。

「什麼東西呀。」詩婕問。

「一個國家通常會變成地獄的，恰恰好是因為人們想要將其變成天堂。」我說，這句話實在永遠忘不了。

「喔，我知道。」詩婕若有所思的說。

「妳又知道了，妳一定都被智敦教壞了喔。」我說。
「哪有呀。」詩婕把食物分成三份。「就像列寧的十月革命呀、毛澤東的文化大革命呀，都死了好多人，他們也是想要將他們的國家變成天堂呀，他們認為有共產主義的帶領下，哪裡都是天堂。」
「妳真的越病越重了，小詩，妳不是在服飾店上班嗎，為什麼要懂什麼革命之類的？」
「這是常識，每個人多少都懂一點。」智敦笑著說。詩婕也笑了。
「好啦好啦，你們夫婦倆喔，手牽手趕快一起去搞個革命好了，看可不可以歷史留名。」
「你最好別亂說喔，小心我揍你。」詩婕反斥。
「喂，大敦，你在這邊待多久了呀。你真的覺得這樣有用嗎？等他們那些財團跟政客談好價錢後，馬上就會攻進來了呀，怎麼擋也擋不住，而且呀，眷村又是國防部用地，不是嗎？軍方會來趕你走的，他們愛怎麼弄就怎麼弄，我們一點辦法也沒有。」

「我待了兩天。」智敦說。「當然，我不認為會有什麼用，只是想再看看這眷村幾眼，我不能就這樣閉上眼看著眷村消失，就算是拆，我也要親眼看著怪手拆毀我家，並且把它錄影下來，你不覺得，這是平民對抗權勢的一種表象嗎？」

「我懂啦，那我陪你。」我說。

「尼真的懂嗎？」詩婕說。我敲了她腦袋，她揍了我腹部一拳。

「說真的，你們真的不用陪我啦，我會覺得很彆扭。」

「開玩笑，說什麼這也是我們三個人共同生活過的地方呀。」我說。「小詩，對吧。」

「對呀，不過說好喔，我才不想像六四天安門事件擋坦克一樣去擋怪手喔，我不幹。」

「沒那麼誇張啦。」智敦大笑。

我們三人傍晚在眷村四周裡逛逛，太安靜接近死寂的眷村真的有點可怕，牆上有寫著『**民國三十八年來台，清苦一生**』，有『**政府無能、壞我家園**』，也有『**毀壞建築，歷史也不復存在**』，智敦覺得這句不錯，用數位相機拍了幾張。我們踱步經過政府所樹立的大看板，那上面寫有『國防部眷村改建計劃』，裡面洋洋灑灑的寫了好多細項，其中有一項真的令我吃驚，上面寫道：『本區位居對外交通樞紐，規劃為可容納大量人潮的主題國際會展園區（Convention and Recreation Park）。園區規劃以造型巨蛋體育場為入口地標建築，周邊配置國際會展中心與轉運站，乃再與商業綜合開發結合，導入經貿、金融、商務、會議、觀光旅館及消費休閒購物為導向的零售公園（RetailPark），提升國際競爭力……』這些冠冕堂皇的建設項目真令人大開眼界。

「大敦，你看這個計劃真是寫得力拔山河氣蓋世呀，好像為了讓台中變成國際大都市，所以拆掉眷村合情合理的樣子。」

「有一句話是這麼說的：私下的善行永遠比不上慷慨激昂的演說。」

「好無奈。」詩婕說。

我們走回智敦已經搬空的家，天色越來越暗，由於已經斷電許久，智敦打開隨身帶的手電筒領我們上去屋頂，屋頂瓦片經歷過幾次大颱風而排列得歪七扭八，我們好不容易找到比較穩固的地方坐下來，遠方天空呈現淡淡紫色，雲層都壓得很低，景色已經跟之前完全不一樣，機場那邊再也沒有燈光了，風中的魔法棒已經消失，當然更沒有螺旋槳聲，秋天的季節竟然感覺到有些悶熱，靜靜的聆聽，沒有夜晚來臨時就發出的蟲鳴聲、蛙叫聲，也沒有樹被風吹動而產生的沙沙聲響，除了幾條流浪狗在毀壞的巷弄間穿梭而發出細細的聲響之外，什麼都沒有，望出去的眷村瓦片屋頂也都七零八落，有的屋頂直接破穿了一個大洞，整個景象用廢墟來形容再也貼切不過了。

「工程開始才不到三個月，人類的力量真是可怕。」智敦發出顫抖的聲音。「不只是景物改變了，就連眷村整個感覺都變了，氣味、風向都不一樣了。」

「你會不會覺得，長大就是一個不斷失去的過程。」我感慨的說，突然又想起涵好。

「我也覺得這幾年失去了好多東西，越想要努力的抓，消失得越快。」

「減法人生。」智敦好像突然想到什麼。「看過一本日本小說，有提到減法人生。裡面說，人生並非不斷的累積堆疊，而是將多餘的行李捨棄，僅保留自身核心部分繼續走下去。」

「核心呀……」我看了一下天空，已經漸漸由紫色轉為黑，上弦月露了出來。「如果連核心都被破壞掉了怎麼辦呢？」

「就變成行屍走肉啊，還用說。」詩婕說。

「也許，行李要捨棄掉，才能真正知道自己的核心是什麼。」智敦說。「可是我還做不太到。」

「放手，感覺很容易，可是做起來卻很難。」我說。

「小祐尼要放什麼手？」詩婕問。

「很多呀，每個人都有很多無法釋懷的事吧。」

智敦從他身旁的側背包拿出煤油燈來點著，也把一些食物拿了出來，有罐頭、小包餅乾和火腿片。

「天色有點暗了，先吃點東西吧。」

「哇，大敦你真的是想要長期抗戰耶，東西也準備得太齊全了吧。」

「沒有要長期抗戰的打算，只是準備得多了些而已，我們三個難得聚在一塊，又是在這個屋頂上，又更難得了，下一次都不曉得什麼時候了，全部拿出來用吧。」

說著說著，智敦把隨身收音機拿了出來，把音樂按開，一樣，是Led Zeppelin–Ten years gone，好久沒聽到這首歌了，一邊側耳傾聽，一邊就好像掉入時光的洞裡，就這樣墜落到另一個世界去了。

「嘿，大家還記得五色石嗎？我們埋的那個石頭。」詩婕說。

「大榕樹的枝葉被修剪得差不多了，不再像以前那麼茂密，原本我們埋石頭的地方上面壓著臨時貨櫃屋，可能沒這麼容易去挖開了，也許要再等一段時間吧。」智敦解釋。

「可惜。」

「還是一輩子都別挖了吧，秘密就讓它永遠是秘密吧。」我說。

「尼這個愛逃避的傢伙。」詩婕說。「反正不管怎樣我一定要去偷挖出來看看。」

「請自便，別找我。」我說。

「那……那也別找我。」智敦有點害羞地舉手。

「哼，原來男人都有不可告人的秘密，而且一樣都愛逃避。」

我和智敦相視而笑。

「嘿，你們要不要喝酒，不只是大敦有準備，我也有帶酒喲，小獵犬系列的whisky，這可不是隨便每個地方都可以買得到的喔。」我從我的後背包拿出一罐小獵犬系列的布納哈本 Single malt whisky，以及三個小單口玻璃杯

「我不喝酒的，從來沒有喝過。」智敦說。

「什麼？你不喝酒，唉……你人生真的有相當大的遺憾呀。」我感嘆地說。

詩婕沒有說話，只是直勾勾的望著我手上的酒瓶。

「我說小詩啊，妳看起來就是一副酒鬼樣。」

「屁啦！哪有。」

當然，這種狀態之下怎麼能讓主角智敦不喝酒呢，詩婕喝了幾口以後突然興致來了，搖搖晃晃站起來跳舞，還拉著智敦起來跳，笑得花枝亂顫，智敦用清澈無比的眼神看著詩婕，能感受到那份在我體內已經完全消失的純粹，同時，他也小心翼翼看守著她，深怕詩婕玩太高興而跌跤，這份情感，我不相信她感受不到，坐在一旁的我甚至開始嫉妒起詩婕了。

「上次我們三個聚在這裡，已經是幾年前了呀。」智敦雖然喝開了，但仍可以

保持穩定。

「一、二、三……」詩婕伸出手指頭一根一根的算，那模樣令我發笑。

「九年半啦，還要數這麼久。」

「尼管我，我就是要數。」詩婕說。「而且，我記得看見綠光了。」

「綠光呀，是呀。」智敦一副懷念的表情。

歌曲來到Madonna—Take a bow，起了一點風，吹拂著我們三個成年人的髮梢，如果有平行世界，現在那三個孩子一定在感受著螺旋槳傳來的風吧，希望他們都很快樂。

「我記得看見綠光的時候，小詩她整個大哭，哭得超級醜。」

「屁啦，尼才哭了，而且我也有偷看阿敦，阿敦也哭了，尼門兩個才哭得亂七八糟。」詩婕說。

「有嗎?我忘了。」智敦鎮定的說。

「大敦也學會裝傻這招呢，真不容易。」我笑著說。

「來!」我站起身，趁著風還在時。「我們舉杯……」

智敦和詩婕也起身，我們圍著煤油燈，淡而美的光線照亮我們三人，上弦月像是在對我們微笑而高掛著，我突然有勇氣，有勇氣去挑戰全世界，只要我們三個人一直都在，就沒有什麼好怕的。

「祝我們友誼長存！」我說。

「等一下……就這樣喔？好遜喔。」詩婕說。

「啊不然妳來。」

「好呀。祝我們友誼長存，然後……」詩婕想了一下。「願我們在眷村之神以及綠光之神還有螺旋槳之神的庇祐下都能得到幸福。」

我噗一聲笑出來。「這樣也行……」

「乾杯！」智敦說，然後一口乾掉，他真的是豁出去了。

我和詩婕對望一下，然後也跟著喝完杯中酒。那晚，我們三人感受前所未有的快樂，不論說什麼話、做什麼動作，都能夠惹得哄堂大笑，這些年的風風雨雨，都以最終之姿丟進了這半毀壞的眷村，所有已消失或是尚未消失的什麼，就讓它們去吧，當下，三人才是最重要的。

智敦的勇敢抗爭並沒有吸引太多人注意，畢竟這眷村裡的人包括智敦家在內都已經領到政府補助而去住國宅了，根本不會有人在意眷村的死活，甚至我還幫忙打電話到新聞台，一開始他們大陣仗的開 SNG 車過來這裡，但覺得這種抗爭實在不夠聳動、也不夠 Power，他們要的是丟雞蛋、撒冥紙或是焚燒什麼旗子之類的，況且人也太少了，上不了檯面的抵抗，一個記者這樣跟我說後就離開了。會來這裡的人都是帶著高級單眼相機要來取景拍照的人，他們看到智敦靜坐，有時也會好奇的拍幾張，再過一陣子就沒人來了，工程單位果然避開智敦所在的位置開始推倒房屋，而由於那些巨大機具每天從智敦兩旁來來去去實在太危險，在阿姨和媽媽的強力阻撓之下，智敦也不得不退到安全邊線外，將近五十年的貿易九村在五天之內全部毀滅，我後來因為工作不得不回台北，詩婕和我都只能假日再過來，聽媽媽說智敦就在第五天站在安全邊線旁昏倒送醫，詩婕下班後就來往醫院去探望他。

從那次昏倒事件以後，智敦和詩婕慢慢走近了，對我來說感覺有些複雜，喜憂參半，擔心我們三人會失去原有的平衡，但這種想法實在很幼稚，我也想看到智敦幸福呀，該怎麼樣就讓它怎麼樣吧，緣分說不定就是這樣遲來了。第七天之後我跟詩婕再回去看一次眷村，智敦還在醫院靜養，我們爬到高處往鐵皮圍起來的區域看進去，說不出來的感受，勉強要形容的話，就好像看見同伴被屠殺一樣。那就只是一塊很大的空地而已，就連讓我想像一下的餘裕都沒有，這裡是公園、那裡是柑仔店或鞦韆的所在地，完全認不出來，全部變成平地了，有些比較小棵的芒果樹都被連根拔起不曉得賣去哪裡了吧，這裡連遺跡都稱不上，台中這麼大，為什麼非得要這一塊地不可呢？我怎麼想也想不透，我的回憶也被怪手毀壞了，難怪智敦會在牆上寫：拆除的不只是建築，而是歷史和回憶。以後，就連能夠過來憑弔的機會都沒有了，因為你根本找不到地方，這裡將會被鋪上柏油重新劃區，蓋上什麼可能不會實現承諾的巨蛋，然後永遠永遠的消失殆盡，我心中某個部分也隨著眷村拆除而蒸發消散了。

看完智敦我必須要馬上起程回台北，聽他說只是貧血和發燒，應該很快就出院了，有詩婕在旁邊照顧令我放心許多，雖然她總是笨手笨腳的，然後我又遭到她的肘擊。回到台北後又過了幾個月，這段期間我為了工作疲於奔命，雖然涵妤打電話給我，我也沒什麼心情接了，我不想要再混亂了。智敦出院後聽說又有幾次昏倒，也是因為貧血和發燒，我不太清楚，在接近四月的春季某一天，智敦突然的消失無蹤，阿姨還特地打電話給我問了一下，沒有人知道他去哪裡了，詩婕也找不著他，只有看過字條說是到彰化待幾天，聽阿姨說他是自己辦了出院手續後就消失了，沒有人找得到他，我還叫阿姨不用擔心，智敦本來就是這樣獨來獨往的，也許是去哪裡散散心了吧，我自己又很忙，所以無法去太在意這件事，就這樣過了半個月，智敦自己打電話給我。

「嘿，小祐，最近好嗎？」

「很忙呀，喂，你是跑去哪啊，聽說你失蹤喔，幹嘛，又開始在跑步嗎？」我說。

「不跑了，很久沒跑了。」他咳了幾聲。「我是想跟你說啦，有些東西要還你啊，跟你借很久的筆記型電腦，還有一些電子用品。」

「哎唷，那沒什麼啦，不還也沒關係，你是不是又感冒啦，很少看你生病耶。」

「對呀，就小感冒，你在台北也要保重身體啊。」

「會啦，啊你跟黎詩婕到底怎麼樣了？OK了嗎？」這是我每次都想要問的問題。

「什麼OK不OK的，還不是老樣子囉，小詩她是很好的女孩，真的。」他說。

「我知道啦，只是嘴巴很賤啦，哈哈。」

智敦也笑了。「小祐，謝謝你跟小詩一直陪伴我，我真的很高興喔，那個晚上，真的，以後你和小詩要好好相處，不要再吵嘴了啦，人家也是關心你呀。」

「哎唷，客氣什麼啦，我們沒事啦，鬥來鬥去也挺好玩的，倒是你跟小詩才要好好相處，我回去你就請我吃大餐啊，別光說不練啊。」

「那有什麼問題，畢竟我可是關二哥，理當要照顧你。」

我大笑。「你還記得呀，很好很好，對了，我要去忙了，下星期台中見好不好，一起找小詩出來。」

「好。」

「再見。」

我掛斷電話，繼續跟老闆的報告拚鬥，心裡想，詩婕和智敦到底怎麼樣了，這樣想的時候，我又想起詩婕那天在天橋上跟我的擁抱，不知道為什麼，有些懷念，那樣的美好存在於我的生命當中，何其可貴，但或許這不是該想這些事情的時候，我搖搖頭，不去想這個，現在得要先把工作忙完再說。

二〇〇八年五月一日，智敦去世的那天外頭豔陽高照，就好像飛上天堂的智敦發著光熱照耀我們，雖然是無可挑剔的美好晴天，但到處充滿諷刺般的悲哀。阿姨把他生前想要交給我的東西送到我手上，很簡單的兩樣東西，我借他的筆記型電腦以及一本感覺寫了很多字的破舊日記本，我抱著它們靜靜坐在阿姨面前的板凳上，眼神直視著地板，腦袋一片空白，就像海嘯來襲的前夕，我無法說話，也無法掉淚，只有巨大的恐懼包圍著我，那恐懼是內在自發性的，不是外力造成，我不知道從內心遠處某個海溝錯動所產生的海嘯如果真的襲擊過來，我整個人到底會變得怎麼樣，無法想像，當下，只覺得如果能夠代替他而死或著比活著還輕鬆得多，因為，他是如此好的人啊。

急性骨髓性白血病，智敦在第一次昏倒時就已經知道他的生命剩不到三周，如果等不到骨髓移植，就只能這樣慢慢接近死亡，他早知道機會渺茫所以決定隱瞞大家，而且特地跑到彰化的租屋處躲了一陣子看可不可以靜靜死在那邊，不過，他覺得這樣不負責任，所以心虛地自動出現在阿姨面前，並且特別告訴阿姨不准跟我和詩婕說這件事，就連面臨死亡，智敦也只是想到不要連累別人，這個時候的他已經非常虛弱，直接住進了加護病房。阿姨忍不住才告訴我，我連夜趕回台中也立即告訴詩婕，不過當我們看見他的時候，他已經無法開口說話了，陷入昏迷狀態，用呼吸維持機在支撐著搖搖欲墜的生命，曾經是那麼建壯的智敦，現在臉色變得如此蒼白，臉頰凹陷，身形也消瘦許多，剛開始看見他的時候我簡直認不出他來了，不，應該說我不相信那是智敦，他應該還在別的地方活得好好的，我不願相信，但現實中的智敦苦苦撐了兩天，阿姨不忍智敦再受苦，忍著痛簽下拔管同意書，我、媽媽、詩婕，還有監獄戒護人員陪同來探親的姨丈，一起陪在智敦身邊，走完人生最後一刻。

五月八日靜悄悄低調的頭七葬禮後，智敦化成一罐用白色大理石造的骨灰罈，我特地裝了一小瓶給自己帶回台北，但是，我並沒有辦法工作、也無法與任何人交談，就連詩婕打電話給我，我也無法順利的跟她說超過三句話。

「請你……請你一定要撐住，請相信我也跟你一樣同等難過。」詩婕在電話裡這麼說。

「我已經不知道什麼是什麼了。」我這樣說，只是印象中。

智敦走了以後，我才重新了解到他在我心中擁有無法被替代的地位，雖然我不知道為什麼智敦要將日記給我，而且為什麼又會主動打那通電話給我，但冥冥之中我覺得他在擔心我，我自己創造這樣的說法，但同時也接受這樣的說法，好像是智敦讓我這樣相信的，因為每當細細讀著他的日記時，我的身心才有辦法被固定在這個世界上，有時候，沒有那本日記在身邊，我整個人就像飄蕩在荒涼星球裡的無生物，分解、破碎、虛浮，我不是我，我也沒有存在過，我知道很多事情只能跟智敦有心意上的互通，就算我們之間不怎麼長談，但我和他只要眼神交會就夠了，祐生和智敦只要眼神交會就夠了，為什麼我不會用心的告訴智敦，跟他說：『喂，大敦，你知道嗎，我跟你不必談天，用眼神就可以心意互通了喔。』為什麼呢？為什麼我不主動跟他好好的講這句話呢，我簡直恨透了我自己。

請了幾天假，雖然被主管百般刁難，但我說我的確無法上班，他就用一種「早知道不要雇用你」的眼神簽核我的假單，或許，在我轉身之後他已經默默的計劃要將我裁掉吧，隨便用一個理由都好，就像把眷村拿掉一樣，這就是體制的力量，我終於能了解智敦以前所說的事物，洗腦、雙重思想、專政獨裁等等，在現今民主社會裡也處處可見。但是那又如何，什麼都無所謂了啊，智敦已經走了、眷村也被拆掉了，我到底還有剩下什麼，我只知道我必須要離開而已。我帶著智敦的日記本四處遊盪，到宜蘭、到花蓮、到台東、到澎湖等等，但是到底我是怎麼去以及怎麼回來的我完全想不起來，路上有什麼風景，有什麼氣味和聲音也都不記得，腦袋雖然很脹，可是那裡面什麼東西都沒有，就像被抽完空氣的玻璃罐，可是心裡的鈍痛還是無法減輕，我不敢回台中，到了台中聞到台中空氣的味道，我就會幾乎快要喘不過氣來，我點燃這輩子第一根菸，就會想到智敦當年在屋頂上點的那支沒有抽的菸，我打開 Whisky，就會想到在眷村最後一夜，智敦開心的說乾杯，甚至看到電視劇三國志，看見關羽和趙雲，我眼淚馬上就會掉下來。我覺得這樣不行，在這樣下去我可能會崩潰，我需要去更遠一點的地方，我突然想起智敦在大學宿舍中的那幾張海報，阿姆斯特丹、布魯塞爾、巴黎和倫敦，或許，我能為他做些什麼。休假回來以後，公司內部的惡鬥越來越嚴重，我被打入冷宮，調到不起眼的部門去擔任不起眼的職位，這兩三年來的努力完全白費，只因為請了兩三天假的緣故，也或者是老闆計劃已久吧。於是我遞出辭呈，老闆也只是一付「喔，我知道了」就馬上簽名，比請假還容易許多，減少開銷，財富集中，這才是每個老闆心裡所想的事，然後，我買了飛往歐洲的機票。

我把智敦的骨灰分成四小瓶，分別灑在阿姆斯特丹的運河、布魯塞爾的大廣場、巴黎的塞納河畔以及倫敦的泰晤士河，也算是完成他的遺願，流浪了一個多月，不能說心情完完全全的平復，但至少分散注意力後比較有面對現實的清楚頭腦，另一方面我的錢也用完必須回去，還記得那是待倫敦最後一晚，我選擇漫步在大鵬鐘（Big Ben）旁的泰晤士河畔，然後望著在夕暮中的鐘塔發呆，四月的冷風依然刺骨，但那景色真的很美，美到令人覺得悲傷，每個尖塔、每盞燈光、每輛雙層紅色巴士經過的聲音，都像在輕聲哭泣，我深呼吸口氣將這些悲傷跟我融合在一起，將悲傷飽滿在胸口中，突然，有個膚色黝黑戴著雷鵬墨鏡、穿著風衣的女人請我幫她拍照，我說好，照片中的她跟大鵬鐘的確很搭配，但我怎麼也開心不起來，只是默默的幫她拍著。我們聊了一下，她覺我照片角度拍的好，我說那是因為她很美，她笑了，她來自巴西，一個人旅行，不太說英文，而我來自台灣，一個人旅行，更不會說英文。

「是不是發生什麼事了，你看起來很哀傷。」女人有很濃的葡萄牙語腔調用簡單的英語問我。

「It's a long story.」我也不知道怎麼回答她。

巴西女人很親切的跟我擁抱，然後道別，望著她在風中搖曳的背影消失在地下鐵入口時，我突然強烈的想要擁有某些東西，因為，一切的事物已經預先註定喪失，我們只能在每個巨大喪失之間抓取像餅乾屑大小的美好東西，然後緊緊握在手中，哪怕那美好東西只有短暫的生命。於是，我想起詩婕。

我與詩婕約好去挖開秘密石頭，那天，她穿著寬鬆的衣物走出公寓門口，體態有些豐腴，動作也有些緩慢，連頭髮也剪短了，我在車內看著她，立刻就恍然大悟了。

「妳是不是懷孕了？」我問。

她沒有說話，但是沉默代替了回答。

「體會生命中最初的感動，或許就能再次遇見你……小孩是智敦的吧。」

「你怎麼會知道？」詩婕驚訝的說。

「我看見妳傳往天堂的訊息了。在我借智敦的電腦裡，智敦的 MSN 帳號自動登入，所以，我知道了。」

詩婕只是點點頭，她有些難過的望向窗外，我想，她就算有千言萬語，現在也說不太出口了。

車子停在過去是眷村現在是空地的外圍，我帶著鏟子，詩婕很自然地勾起我的手慢慢踱步進去，勉強可以看出大榕樹的位置，因為榕樹的氣根都被鏟除，以往茂盛枝葉也被過度的修剪，現在的他只像一個體態病弱的老人站在這氣數已盡的眷村中如同風中殘燭，我撫摸他的身軀，不禁悲從中來。而壓在附近的貨櫃屋已經被搬走，所以現在要挖掘應該不是問題，只是要找出埋石頭的正確位置的確很不容易。

「小詩，妳愛智敦嗎？」我靜靜地問她。

詩婕先是思考了一會兒，然後緩緩的說。

「我想，我永遠沒有辦法像他愛我那樣的愛他，從剛開始認識他我就知道了。」

「嗯，這些日子我想了很多，智敦跟我說過，愛情不是零和遊戲，不是一方受益另一方就得損失，我想，他愛上妳時、他保護妳時、他照顧妳時，一定都很快樂，一定都得到許多吧。」

「我這一生，很多事情都不是自己決定的，上天總是在我快要好起來的時候給我考驗。在我做這個決定之後，我發覺這是我這輩子第一次自己能決定自己的人生，也是向智敦學到的東西吧，或許不能以愛與不愛來作定論，這個孩子，我想已經是我人生的一個重心，我會盡全力的去愛他，並不是對智敦有什麼愧疚，與其說是為了智敦，我想，倒不說是為了自己的心。」

「我知道了。」心裡也暗暗作了一個決定。

雖然很不容易，但幸好智敦有埋了一個紅磚頭作為標記，最後我們還是發現埋石頭的所在地。

「小詩，在開始挖的時候，妳可不可以答應我一件事。」我說。

「什麼事？」

「請讓我當這個孩子的父親。」

「什麼？！」詩婕用手捂著臉，不可思議的表情。「為什麼？」

「我也說不上來，這幾年我們失去的事物實在太多太多了，根本來不及抓住就已經消失在空氣中，唯有我們三個人，對我來說，那就是一種絕對，這只是一個自然而然、非做不可的事情。」

詩婕眼眶漸漸紅起來。「你不用勉強你自己。」

「不，我不是勉強，或許這樣決定有點太快，但我相信自己不是開玩笑的，我這一生也跟妳一樣，從來沒有做些自己下定決心做的事，現在，是該決定的時候了，不然，我連自己是誰都不知道。」

「可是……」

「好了，就這樣決定吧，但要先說好，如果妳以後愛上別人，我不會強求，但我一樣還是這個孩子的親生父親，我會扶養他，不管怎樣。哎呀，不管啦，就是這樣，我知道跟妳吵嘴我總是會輸，反正就這樣決定了。」

我不等她開口就開始鏟著地面，在一吋一吋的土被挖開時，對於自己的爸爸也不是親生父親的我，揣磨著爸爸的心情，他是以怎麼樣的心情來接受已經有身孕的媽媽呢，那是一種全面性的什麼吧，就像地心引力一樣，不然我們就會被甩出外太空永遠當一個遊魂，那不只是愛，不只是愛情、親情、友情，詩婕說的沒有錯，是人生的一個重心，不管失去什麼、得到什麼，時間仍然會一直推移著我們，我想起自己非常喜歡的小說《大亨小傳》裡頭最後面幾句話：『**我們從前追求時曾經撲空，不過沒關係，明天我們會跑得更快一點，兩手伸得更遠一點，總有一天——於是我們繼續往前掙扎，像逆流的扁舟，被浪頭不斷向後推入過去。**』我用力的挖開地面，使出想念智敦的所有力氣、決定好好面對生活的勇氣以及智敦教會我的一切，奮力越挖越深、越挖越深……

終於用透明保鮮膜包起的三顆石頭裸露出來，十年了，這三顆石頭依然緊緊靠在一起，以一種命運性的姿態不離不棄，我將我的墨綠色石頭先拿在手心中，翻到刻著『夏祐生』三字的另一面，那表面刻著『秘密』二字，我突然有些想笑，經過十年，我其實已經忘記自己刻著什麼，不過沒想到是秘密二字，要是智敦也在，他也一定會笑吧，他不知道那秘密的含義，一定會認為我在耍人吧，不過沒關係，這本來就是我想要的結果，詩婕也把她的鵝黃色石頭拿起來，智敦的灰黑色石頭我們都先暫時不拿。

「嘿，小詩，我們互相交換秘密，再埋回去吧。」我說，我有十足把握。

「可以不要嗎？」詩婕有點害羞的說。

「哎唷，都這麼熟了，拿來吧。」

「不要啦。」

我把詩婕的石頭搶了過來，上面刻著——**小祐，你心裡有我嗎？**

我目瞪口呆，慢慢望向詩婕。

「幹嘛啦，是你說要寫秘密的，那我也要看你的。」她伸手把我的搶過去。

「齁！被騙了啦，整個被騙了十幾年！」她伸手打我，可是我還是發著楞，我沒有想到，原來詩婕的秘密是我，突然間，我感到好慚愧，腦海裡快速翻轉，先是那個初吻，後來的第一次擁抱、第二次擁抱，以及我們經常吵嘴的畫面。

「小詩……」我不曉得該說什麼。

「什麼都不要說，我們一起看智敦的石頭吧，什麼都不要說，好不好。」

詩婕把智敦的灰黑色石頭拿起來，緩緩翻到背面，她先是楞住然後身體開始微微顫抖，接著她連石頭都有點拿不穩，眼淚流了下來，聲音也哽咽了，我把石頭拿過來看，心中那股酸楚也衝上喉嚨，那一刻，我再也忍不住了，我伸出手將詩婕摟過來緊緊抱著，親吻著她的髮，她臉貼在我的胸膛，雙手也將我環抱住。

我的腦中灌入了終極性的想法，那是無法再作確定的確定、無法再作選擇的選擇，我把這感覺化為文字，大概是這樣：生命的眷戀總是來自於最初的純真，我們貪戀純真的美好，所以一直都在回憶裡作困獸之鬥，這是我們的本能，但是，生命之中還有生活，生活好比一個圓，有無限種困難，也有無限種希望，往前走的時候，有可能是從起點開始，但我們沒有發現，常常也有可能是從終點開始，

「小詩，我們都要堅強的生活下去，為了智敦，也為了我們本身。」

我緊緊抱著詩婕。

不管未來變得如何，我相信，我祈禱，埋藏好的三顆石頭會一直相守下去，不管這個地面上蓋了什麼，不管這個世界變得多麼混亂骯髒，它們會一直在一起，就像他的心永遠會在我們的心中，就像眷村也永遠留存。我們離開時，看見機場方向傳來一道光，黃昏時分，火紅的暮色中那道光特別顯眼，形狀完美的十字星芒穿透天幕，我們停下腳步看著那綠光，那是我們最後一次看見綠光，或許智敦就是那道綠光，以生命最終的光芒照亮我們，然後，我依稀聽見了螺旋槳的聲音、貓叫聲，甚至有一股淡淡的稻香味飄散過來，這些彷彿都在訴說著智敦心中的秘密，那秘密

永遠地、永遠地留在灰黑色的鵝卵石表面，用智敦特有的細膩感情一個字一個字雕刻著——

小詩，讓我照顧妳。

The End

節錄——智敦日記

八月二十日

有一種東西，在夏天隨著河流而來，浸溼了我的衣服，弄亂了我的髮，讓我心神不寧、焦躁不安，還差點奪走我的生命，我想我遇到了，她叫作黎詩婕，對了，她也有另一個名字叫作，愛情。

八月二十一日

屠格涅夫是我文學上的初戀，季娜依達或許也是我情感上的初戀，不知道小祐看了有什麼感覺，不過，我相信他會喜歡，因為我們是好兄弟。

八月二十四日

看見了不該看見的事情，為什麼詩婕吻了小祐，或許是我自作多情吧。不過，喜歡一個人為什麼要在乎她做了什麼呢？

八月二十八日

詩婕和小祐起了爭執。我，追了出去，看見詩婕的背影，她停下腳步跟我坦白了小祐的事，我只是想對她好，但她並不知道，因為她心裡已經滿滿是小祐的影子。

十一月十五日

在混亂之中抱著被欺侮的詩婕，像是英雄救美般走出，可是我並不想當英雄，為小詩所做的一切，對我來說只是本能而已。今晚大家一起看見綠光，小祐說得對，其實這個世界上除了我們三個人之外，那些人才是笨蛋。

三月六日

秘密基地在今天被壓路機給壓扁了，政府官員也開始說建設的鬼東西，終於來了，敲響眷村毀滅的第一道喪鐘，我偷偷爬到屋頂，可是沒有看見綠光。

六月二十八日

要刻秘密在石頭上？真難，不曉得他們會刻些什麼，好吧，反正十年後才看得見，在那個時候，也許我能雲淡風輕的看待心底這件事了，或許吧。

七月二日

今天看了新聞後，是我最想死的一天，但，小詩怎麼辦，小祐怎麼辦，然而回過頭來看，我又該怎麼辦呢？

七月四日

美國獨立紀念日，從今天起開始跑步，哎呀，日記有好一陣子沒寫了。

十二月二日

在彰化的日子裡，我惦記著詩婕，惦記著她的一切，可是我並不急於想要結果，因為，至少我們之間的關係很純淨，這再好不過了，也許是逃避，可是這樣的距離使我痛苦也使我幸福。

七月二十八日

夏天，不只是代表著我與妳相遇，也代表著許多人生轉折點，看妳躺在床上吊著點滴，我好恨我自己無法替妳痛，在妳跟我說要去台北的同時，我的心也被妳帶到台北了，台北，這該死的地方。

九月二十日

有時候，時間並無法影響我，我感受著心中那股熱烈，是妳完滿了我，即使，妳完全不知情。

三月四日

在日本小說裡，通常會把悲劇放在春天來臨之時，也許這麼做是對的，只有在強烈的對比之下，才能感受得到真正的痛，怪手開了進來拆除第一棟房子時，在春天的氣味之下，我感到撕裂般的疼痛。

三月二十三日

我獨自哭泣，妳問我原因，對不起，我的愛，我已經決定守密，因為我也害怕一切會產生變化，我不要大家跟我一起承擔，妳吻了我，我也吻了妳，我們共度了美好的一夜，謝謝妳，可是我必須離開。

四月四日

不管誰看見了這本日記，我都要謝謝你，因為你一定是小祐信任的人，他是我這輩子最親的朋友，請你也一定要信任他與他做好朋友，不要再讓他孤零零的一個人，好嗎？

後記

想寫的、想說的全都在故事裡了。第一次寫完小說後沒有非常快樂的感覺，因為，我好心疼他們三個人，他們栩栩如生活在我的周遭，告訴我許多人生中重要的事。謹以此部小說向已經被完全拆毀的貿易九村致敬，那是我的兒時回憶，我有責任將這回憶重建，也期望這個社會能更慈悲、更理性對待屬於歷史的事物，期望這一代的人更尊重歷史和文化，不要讓下一代的人空有浮誇。然後，也向夏祐生、張智敦、黎詩婕、林涵妤他們四人說聲謝謝，我很捨不得離開這個故事，可是曲終必須人散，再次謝謝你們，Goodbye So long.

KAI

All about Love ／ 20

那年夏天，我們的綠光

國家圖書館出版品預行編目資料
那年夏天，我們的綠光 ／KAI 著.
— 初版. — 臺北市 ： 春天出版國際, 2014.06
面； 公分. —（All about Love ；20）
ISBN 978-986-5706-07-4（平裝）
857.7 103004535

ISBN 978-986-5706-07-4
Printed in Taiwan

作 者 KAI
封面設計 克里斯
內頁編排 三石設計
總編輯 莊宜勳
企劃主編 鍾靈
責任編輯 黃郁潔

出版者 春天出版國際文化有限公司
地 址 台北市信義區信義路四段458號3樓
電 話 02-7718-0898
傳 真 02-7718-2388
E－mail frank.spring@msa.hinet.net
網 址 http://www.bookspring.com.tw
部落格 http://blog.pixnet.net/bookspring
郵政帳號 19705538
戶 名 春天出版國際文化有限公司
法律顧問 蕭顯忠律師事務所
出版日期 二〇一四年六月初版
定 價 180元

總經銷 楨德圖書事業有限公司
地 址 新北市新店區寶興路45巷6弄6號5樓
電 話 02-8919-3186
傳 真 02-8914-5524